鄭宗弦——著
陳祥元——圖

媽祖回娘家

增訂新版

名家推薦

林文寶（台東大學兒童文學研究所榮譽教授）：

通過學童思源的敘事：我們看到了似乎要消逝的風土民情；我們更看到了深層的記憶與儀式。或許我們可以確定：《媽祖回娘家》一詞雙關；並見「思源」當始於「飲水」。

桂文亞（知名兒童文學作家）：

老阿嬤與孫子跟著進香團徒步到新港奉天宮進香，藉由進香之旅，穿插了兩代衝突、尋根鄉情、老人心理等豐富情節，文筆練達，深具鄉土氣息。

陳郁秀（前國立中正文化中心兩廳院董事長）：

《媽祖回娘家》透露濃郁的台灣民俗之美，將真正屬於台灣這塊土地的故事、台灣人的民間信仰、民俗藝術、傳統文化和常民生活之美融入作品當中，寫出道地具有本土意識的作品。書中傳遞出台灣傳統民間信仰背後，長者將對子孫無盡的愛，託付在堅定的信仰中，請神明感應其誠心，代為庇佑。文中充滿濃濃的人情味，藉這種媽祖回娘家的宗教信仰，呈現人與人之間單純的分享與關懷。藉由故事中的阿嬤尋找敬拜天神的族群，找尋日漸被遺忘的純樸民風。讀者在體會台灣民俗之美外，同時也與故事中的主人翁，一起歷經一段尋找的過程。

陳木城（兒童文學名家）：

一個頗有質感的本土故事。一對祖孫阿源和他的阿嬤罔市，跟著在往新港的進香隊伍裡，引出台灣版的苦女阿信令人鼻酸的身世。在熱鬧滾滾的隊伍中，有一個淒涼的故事，在現代的文明中有一個傳統婦女的悲歌。

劉靜娟（名作家）：

故事循著媽祖進香團的路線發展，真實又細膩地呈現了台灣民間信仰的氣氛。養女祖母帶著孫子進香兼尋根，情節動人、自然，不會流於煽情。

許建崑（大學教授、中華民國兒童文學學會學術組組長、監事）：

巧妙地使用鄉土題材，並加上認親故事，完成雙線結構，彰顯了「回娘家」的主題。如果能將故事背景的幾座廟宇仔細描繪，就更精采有味。

李前泉（九歌兒童劇團「媽祖回娘家」編導）：

小時候，聽著媽祖降妖除魔的故事，常讓我想到祂那麼忙，有空吃飯嗎？我不知道。但是媽祖的故事卻深深烙印在我心裡。

長大後，有了善緣可以導一齣戲，所以我選了《媽祖回娘家》作為改編的故事。在這一本書裡頭，我看到了：媽祖濟世的慈悲、阿嬤追求心願的勇氣、熱鬧的民俗活動，還有台灣濃濃的人情味。

現在我還是不知道媽祖有空吃飯嗎？但是我知道：只要能有一顆柔軟的心，每個人都能降妖除魔、濟世救人。

目錄

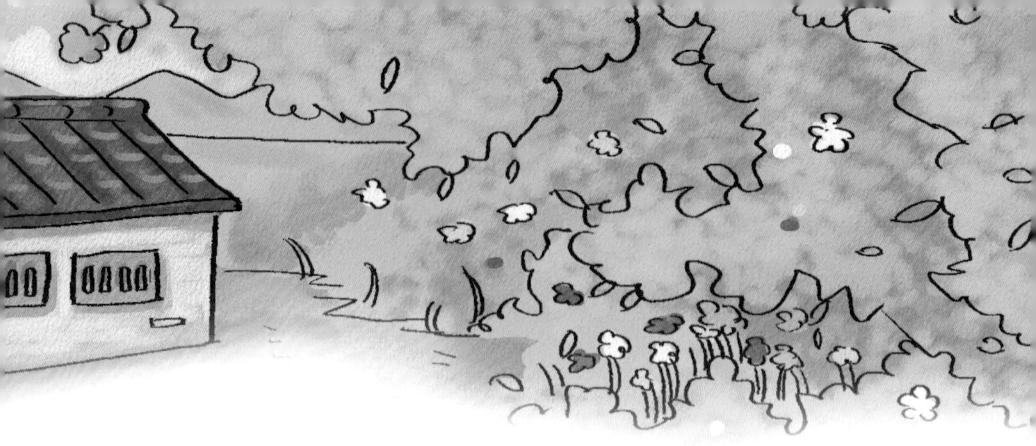

學習單

康軒企劃

找尋失落的民風（初版自序）

我的家鄉有一座香火鼎盛的媽祖廟新港奉天宮，每天都有來自全省各地的進香團來此進香，我何其有幸出生在新港，從小耳濡目染，體驗到人與神明之間熱絡的互動。

進香團中規模最浩大的，就數大甲媽祖徒步進香團，每年都有好幾萬人。

有一次大甲媽祖來新港，我在二樓陽台盯著藝閣花車閒看，忽然聽到一個歐巴桑唉聲慘叫：「喔……真痠……兩隻腳快要斷掉了……喔……我不行了……不行了……」緊接著傳來另一個老人的聲音說：「不會啦！你忍耐一下，等一下就會好的，媽祖婆會保庇你的，真的，免驚！」我循聲找過去，黑壓壓的人潮中，辨識不出對話的兩個人，卻赫然發現成千上萬的進香客中，竟有一半以上都是彎腰駝背的老歐巴桑。

老人家缺鈣少鐵，筋骨不好，氣血難行，平日就容易腰痠背痛，卻甘願跋山涉水，不遠千里而來，冒著病痛的危險，為的是什麼？痠痛不會是抵達新港才有的，一路上，他們是如何咬牙忍過來的呢？

曾經讀過一篇報導，一位年輕的記者參加徒步進香活動，他在服兵役時擔任的是步兵排長的職務，行軍對他來說有如家常便飯，易如反掌，可是一路走下來，第一個躺上救護車的不是老阿婆們，卻是年輕力壯的他。

這當中的差別在哪裡？是信仰，信仰的力量是如此的偉大。

媽祖娘娘是天上聖母，而陪伴在媽祖娘娘身旁的歐巴桑們，不也是人間聖母的寫照？對於一家子上上下下，有永遠操勞不完的事，永遠煩不盡的心，永遠停不了的期待、祝願、擔憂、焦慮、叮嚀和牽掛，即使日漸齒危髮禿、精氣耗損，對子孫們的照顧漸感力不從心，但是她們的關愛仍不止息，只不過換個方式，轉而將一切託付給信仰，請神明感應其誠心，代為庇佑。進香客們虔敬而堅定的信仰，說明了信仰有多堅定，愛就有多深。

進香活動給我的啟示還不只如此。

我家有兩座用玻璃框罩住的獎牌，一個上頭刻著「熱心公益」，另一個刻著「友誼永誌」，牌子底座四周裝飾著一些小玩意，有玻璃吹拉出的長頸鹿、天鵝和小白兔，也有彩色厚紙板黏貼成的亭台樓閣，十分小巧雅致，一插上插頭，裡頭幾顆小燈泡還會散發出柔和優美的光線，這兩座獎牌是我從小的玩具，我卻一直搞不清楚它們的由來，直到阿嬤告訴我。

原來在我出生以前，媽祖廟還沒蓋香客大樓，進香客來到新港都住到一般人家家裡，免費由新港人招待食宿，連著幾年下來，彼此成了好朋友，香客期過後，平日裡忙裡偷閒，幾家人還會南來北往相互拜訪，聯絡情誼，那兩座獎牌就是香客們回饋的紀念品。

乍聽之下，真叫人錯愕。現代社會功利與疏離，家家自掃門前雪已經習以為常，想不到以前的人能毫無戒心，不求回報，慷慨展現在地人服務的熱忱，在宗教情懷的催化之下，施與受之間沒有任何目的與條件，完全只是單純的分享和關愛。這般純樸而饒富人情味的民風令人嚮往，可惜我晚生了十幾年，未能親眼見證。

二十年前，賭博性質的大家樂活動席捲全台，為了逼籤詩求明牌，利慾薰心的人們興致勃勃的雕刻各種神像來膜拜，然而在屢試屢敗之後，他們竟然憤而斷去神像手足，再焚燒、丟棄。當社會已經喪失敬天畏神的倫理，人與人之間又如何能互信、互敬、互諒呢？

俗話說：「家家有本難念的經。」自古，婆媳問題一直難清難斷，社會快速變遷之後，家庭成員角色異位，新舊觀念衝突，加上代溝、隔代教養等問題，這本難念的經是越來越難念下去了。

是否崇尚傳統美德的人，也會和故事中的阿嬤一樣，感覺與現實生活格格不入，因而興起離開，去找尋的念頭呢？

找尋失去的倫理親情，重拾自尊，自我肯定……

找尋敬拜天神的族群，一同謙卑自己，侍奉天地……

找尋曾經遺忘的，純樸古雅的風土民情，卸下武裝防衛，換得無憂無懼，歡喜自在……

每次進香團蒞臨新港時，在茫茫人海中，我似乎看見無數這樣的身影，在煙灰炮火中穿梭流連，茫然尋覓……。

「媽祖回娘家」是一個大題目，一般進香活動，動輒上千上萬人，耗費鉅資，曠日費時，偏偏寫來只能侷限進四萬多字，外加主人翁的故事必須引人入勝，因此耗費在剪裁的功夫數倍於以往的作品。猶記得寒夜孤燈下振筆疾書時，按著狂亂跳動的胸口，揉著發脹發疼的太陽穴，終致領會到古人所謂「嘔心瀝血」的境界。總算媽祖保佑，我如期完成作品，也獲得佳績，德不孤，必有鄰，「如有神助」不是虛言。

感謝新港，她濃濃的宗教文化氣息，賜給我靈感，賜給我省視內心的道場，也賜給我其他地方已然消逝的珍寶，那古樸的民風，讓我在物質充斥的世界中，仍保有信心，懷抱希望。

二〇〇一年五月十二日 寫於台中

1 我們脫隊先回家

「轟隆——轟隆——轟隆——轟隆——」

「咻——咻——咻——咻——」

你相信嗎？我正緊緊的摀住耳朵，卻還是清清楚楚的聽到響也響不停的爆破聲。成千上萬支的沖天炮，像是被人摀壞了蜂窩的蜂群，朝四面八方亂鑽亂竄，馬路邊堆滿一箱又一箱的連珠炮、排炮和沖天炮，從點燃的那一刻開始，就不曾停止過，後面隨時有人從貨車上卸下新的來補充。火光、紙屑和煙灰到處飛舞，整條馬路就這樣燃燒起來了。

「喲呵！大仙俑仔又站起來了。」我回頭一看，大聲歡呼。

鑼鼓「叮——叮——咚——咚——」之中，冒出一個又一個兩人高的化妝神像，好像童話故事裡的巨人。在前頭領隊的是四大天王，分別拿著寶劍、琵琶、雨傘和小龍，威風凜凜的四面巡邏。接著是七爺和八爺，一個高一個矮，一個白一個黑，形成明顯又有趣的對比，可是他們吐出長長的舌頭，皺著眉頭，拿著手銬腳鐐到處嚇人，在昏暗的夜色中，叫人害怕。

「嗚——嗚——嗚——」遠遠的傳來嚇人的哨角聲。

濃濃的煙霧後面出現一紅一綠的千年妖精——千里眼和順風耳，他們驕傲的抬起野獸一般的臉孔，甩動又粗又長的手臂，一頭金紙黏貼起來的長頭髮隨風飄蕩，神氣的模樣，簡直就像巷弄裡橫行霸道的小混混。

「看前面——不要看後面，趕緊走——落到人家後面，就出不——去——了——」為了抵擋嘈雜的聲音，阿嬤靠在我耳朵旁邊大聲吼叫。

「我愛你愛你愛到心肝寒——在無情無愛無夢的世界——繡成

孤鸞，再繡一叢綠竹——竹——聽一言嚇得我魂不在、魂不在——在——在——」

我們正努力通過五彩閃爍的電子琴花車陣和南北管樂團，幾十個擴音機同時播放出來的音樂，有最流行的，也有古代的，統統混在一起，不但吵翻了天，而且簡直就是魔音傳腦，阿嬤為了催我，臉都脹紅了。

我們賣力的往前面推擠，可是人潮像海浪一波一波的打過來，我覺得自己彷彿是浮在海面上，東飄西蕩的晃了十幾公尺，幾乎要窒息淹死了，結果，竟然是在原地打轉。

鞭炮聲還是像雷雨般的響個不停，小販的吆喝聲也此起彼落。我試著閉起眼睛，想像自己身在槍林彈雨之中，難民哀嚎慘叫，背後的進香隊伍是追兵，我們必須快逃。阿嬤用力拉著我，被逃難的人群擠來擠去的，她低頭慌張的大聲喊叫：「阿源哪！千萬要跟緊一點哪！若是走丟了，那是一輩子都回不了家喲……。」

嘻！嘻！好逼真，好好玩。

突然一陣強光射過來，害我睜不開眼睛，我拿手掌遮在眉毛上，才勉強看出是那一輛載著聚光燈的小貨車。一道道銀白色的光束聚集在鑾駕上面，又反射出千萬條金光，路旁的人們看見了，紛紛下跪拜送。

「好了，不要再看了，趕——路——要——緊——」阿嬤瞪大眼睛，一個字一個字使勁的說，兩鬢的白髮隨著皺巴巴的嘴唇誇張的動著。

「砰——砰——」夜空中爆出兩聲巨響，吸引每個人都抬頭，剛剛好看到千百條紅光和藍光在黑幕中垂落下來，是兩顆亮麗的高空煙火。

「哇！」大家不約而同的發出讚歎的聲音。

驚歎聲還沒停止，爆炸聲又接二連三的傳來，五顏六色和銀白金黃的火光照亮了黑夜。有的是很有規律的向外放射，像是一把高高撐起的火傘；有的向下拉垂，彷彿夕陽下迎風搖曳的椰子樹；還有子母彈，剛炸開的時候不見蹤影，一秒鐘之後，忽然從四面八方又綻放出千百朵菊花般的火焰，實在是太美太美了。

「阿源哪，拜託，拜託，阿嬤等很久了，等很久了……」這一次阿嬤沒有大聲嚷嚷，我也沒聽到聲音，我是從她滿頭的熱汗裡讀出來的。

「好啦！好啦！」我聽話，低下頭來使勁往前推擠。

平常如果阿嬤這樣掃興的話，我一定會嘟起小嘴，翹得高高的生悶氣，不過今天不一樣，阿嬤有很重要的事情要辦。那件事很重要，比我看熱鬧重要一百倍，所以我只好忍痛犧牲了。

可是，我多麼捨不得離開新港啊！雖然到處有濃煙嗆鼻、燻人眼睛，可是，這麼多好吃的東西，這麼多好玩的事物，還有這麼熱鬧盛大的場面，竟然要我提早離開，真叫人捨不得，唉——

阿嬤高舉令旗和香把，彎著瘦小的身子，左一聲「失禮」，右一聲「借過」的請人讓路，我可不管那麼多，哪兒有洞我就鑽，真的沒洞了我就擠，好不容易，我們終於突破重圍，呼吸到新鮮的空氣。

我們三步併做兩步，來到「古民國小」校門口前面，找到「舅公」指示的那一部賓士轎車，「妗婆」已經在車上等很久了，之前「舅公」叫「妗婆」先去車上通知司機，我和阿嬤則是再進到媽祖廟裡面，燒香膜拜媽祖，感謝祂的保佑。誰知道晚「妗婆」這一步，再

新港奉天宮
開臺媽祖

見到她時竟然足足遲了一個小時，只因我們燒完香，擠出廟門時，鑾駕正好起駕，一下子，馬路上就塞滿了藝陣、花車、大仙尪仔、鞭炮，還有人、人、人，一路上人山人海，害我們寸步難行。

我想你一定注意到了，我說「舅公」和「妗婆」的時候，口氣怪怪的。不是我故意不禮貌，實在是這件事太不可思議了，你知道嗎？他們是我一個小時前才認的親戚，一個小時前耶！你相信嗎？就像是人家說的「半路認親戚」。到現在我還不大能接受這個事實，甚至還糊裡糊塗的感到莫名其妙呢！所以叫起來當然是怪彆扭的。

而且，我們是跟著進香團徒步來新港奉天宮進香的，一共花了兩天兩夜的時間才走到，照理說，也應該跟人家再走回台中才對，誰知道臨時起了變化，決定自己先坐車回去，因為阿嬤說她不能再等下去了。

阿嬤急急的催促我是有道理的，若是不超越回駕的隊伍，趕緊開車上路的話，我們就會被困在後面，像塞車一樣慢慢慢慢的拖，等到找到岔路繞過去，可能得要晚兩、三個小時才能回到台中。

兩、三個小時，其實不是很久，可是阿嬤一刻也不想再等了。

之前在媽祖廟裡，香煙繚繞，鐘鼓齊鳴，萬頭攢動，阿嬤縮著身子，跪在龍柱旁邊，瞇著雙眼，流淚微笑。我聽到她喘著氣說：「信女林罔市千恩萬謝，感謝……媽祖婆慈悲靈感，保佑我達成願望，總算……總算讓我找到了……我等這一天，已經等了五十多年囉……」

2 媽祖也要回娘家

車子一發動，阿嬤就拉著「妗婆」的手，一秒鐘也等不及的問了好多問題。「阿母身體是怎麼了？阿爸何時過世的？還有二哥和大姊呢？也都當阿公、阿嬤了吧？是什麼時候搬到台中的？怎麼命運愛戲弄人，同一家人住得那麼近，見了面竟然不知要相認，唉……」

「唉！」他們每討論完一個問題，總要唉聲嘆氣一番，聽著聽著，我忍不住也跟著嘆氣了。命運真是作弄人哪！

「好在媽祖婆保佑。」「妗婆」說。

「呵！是，是，是……」阿嬤一直點頭。

不只他們感受到媽祖保佑，我也覺得媽祖娘娘很靈耶！

前兩天走路的時候，我的腳底起了好大的水泡，膝蓋也痠得要命，雖然領隊的老先生說走不動的人可以進車子裡面休息，讓車子載著走，可是我怎麼好意思呢？人家六、七十歲的老阿公、老阿嬤還不是一步一腳印的撐下去了，我堂堂一個少年郎，如果比他們先倒下去的話，豈不是很丟臉嗎？我只好咬著牙，默默的祈禱，祈求痛苦趕快過去。

現在好了，果真不用再走路了，而且可以早兩天到台中，所以，我要再說一遍，媽祖娘娘不但聽到我的心聲，還實現我的願望，真的很靈！

大概是剛才太激動了，加上穿過人潮時花了不少力氣，阿嬤上車之後跟「妗婆」聊了半小時，漸漸的話少了，不久就呼呼的睡著了。沒人和「妗婆」談天，一會兒之後也傳來她微弱的鼻息聲。阿嬤已經六十一歲了，「妗婆」看起來也差不多，她們的體力本來就比不上年輕人，加上這兩天兩夜來日夜顛倒，又趕了一百公里的路，肯定是累壞了。

看看手錶，已經凌晨一點三十五分了。

我坐在前座，亢奮過了頭，一點兒睡意也沒有。

車窗外是一片寂靜的黑幕，失去了天的蔚藍、雲的粉白、稻田的青綠，只剩濃濃的墨黑色，偶爾有幾盞遠處的路燈，和晚睡的人留著的燈火，才點綴出一點點的檸檬黃。吹進車窗內的風都帶著淡淡的泥土味和青草香，吸進鼻子裡，似乎有一絲絲的甘甜，和我們家市區裡汽機車的油臭味完全不一樣。

這樣的夜色我已經欣賞了兩夜了，但是今夜和前兩夜不同，沒有令旗上鈴鐺的叮噹聲，沒有維持交通的哨子聲，沒有領隊的吆喝聲，也沒有大人們的聊天聲。這時候，除了汽車引擎輕微而規律的運轉，和老人家們微弱的呼吸聲以外，夜竟然是靜得使我聽到了自己的心跳。

我可以感覺得到，我的心像是一杯混濁的水，剛開始由於劇烈的攪動，亂成一團，但是靜靜的擺在桌上之後，慢慢的，慢慢的，有細細小小的東西，開始往下沉，往下沉……

家，我的家，爸媽的家，阿嬤家……

阿嬤是真的來進香的，而我卻是為了完成春假作業「小小旅行家」這一項，才跟著來看熱鬧的。

去年的今天，我們家附近的「慈天宮」新廟落成，恭恭敬敬的迎回了一尊新港「奉天宮」的媽祖分身。我們全家去參觀，強烈的探照燈打在屋頂的剪黏上，處處都閃著金光，金碧輝煌，漂亮極了。

從那一天起，廟裡面就常常舉辦各種進香活動，阿嬤來我們家住以後兩、三個月，就接受爸爸的建議，跟著進香團到全省各地的媽祖廟進香拜拜。不過，以前進香團都是包遊覽車去的，這一次是「慈天宮」第一次舉辦的徒步進香活動，因為阿嬤說媽祖要回自己的娘家，信徒們得要一步一步的送祂回去，才能表達虔誠的敬意。

坐車和走路真的差別這麼多嗎？我不太懂。不過，至於「媽祖為什麼要回娘家？」這個疑問的回答，我倒是聽得很清楚，阿嬤在出發前曾對我解釋：「因為新港奉天宮祖廟有『聖父母殿』，慈天宮沒有。『聖父母殿』就是奉祀媽祖婆父母的地方，慈天宮的媽祖婆每年要回家去拜見父母。中國人的習俗，不管多忙多遠，每一年大年初二回娘家是一定要的，媽祖婆也一樣，只不過日期不在大年初二，而是祂分靈出去的那一天。我們做人啊！不能忘本，神是人的模範，當然更有情有義囉！」

這一次進香的消息也是爸爸告訴阿嬤的，他還請阿嬤幫忙向媽祖娘娘許願，保佑他順利升上心理系的教授，他說：「阿母，我當副教授已經五年了，如果不趕快升上去，後面的年輕人就要搶先一步了。」

媽媽在一旁也搭腔說：「對啦！阿母，還有我，我為了客戶的帳目，常常頭痛，止痛藥吃了，效果也不怎麼好，拜託一下，順便。」

阿嬤聽了，認真的說：「這是一定要的，一定要的。」

我們到「慈天宮」報名的時候，廟公拿了一張紅紙給阿嬤，說：「寫上名字、住址，還有祈求的事項，然後燒香拜拜，在香爐上面燒化掉。」

阿嬤沒讀過書，大字沒認識幾個，寫紅紙自然成了我的差事。

阿嬤指著空白的地方：「寫我的名，林罔市。」

「林，我知道。然後，後面兩個字怎麼寫？」我皺眉頭。

「罔市啊！就是以前的人，不喜歡生女兒，生到女兒很失望，又不能不養，就很不得已的養下來，勉強養著，台語就叫做『罔市』。」

阿嬤說明了半天，我仍然搞不懂，寫了「往事」、「網室」，她都搖頭，最後還是廟公幫忙寫了「罔市」，她才說：「對了！就是這兩個字。」

廟公笑著說：「這不能怪少年人學問淺，實在是現在的時代，男生女生一樣寶貝，再也沒人取這種名字了，難怪妳孫子不會寫，哈！哈！」

還好廟公給了我台階下，我的臉才沒紅起來，要不然人家會恥笑我，說我都已經讀到六年級了，居然連自己家阿嬤的名字都不會寫。不過，接下去的字，我可是寫得又大又漂亮：「大兒子陳英耀，順利升上正教授。大媳婦呂瑤琳，醫好久年的頭痛。二兒子陳英雄，貸款早日付清。二媳婦曾月宜，早日生兒子。三兒子陳英凱，考上公費留學，三媳婦林心儀，找到好工作。大女兒陳英玉，夫妻不吵架。女婿黃仁杰，事業有發展。大孫子陳思源，聰明會讀書，吃多長得又高又壯……」

我邊寫邊喊手痠，嘴巴裡還不忘埋怨：「阿嬤好貪心喔！求這麼多。」

「哪有貪心？全家大小，只有你爸媽懂得要我求媽祖婆，其他人還傻傻的不知道利用機會，好在我昨天晚上想了這麼多，想到睡不著咧！」

忽然，我想到了一件事，裡頭沒有阿嬤的願望。

「阿嬤，妳呢？妳自己呢？妳求什麼？」

阿嬤搖搖頭，回答：「我求什麼？裡面寫的，全部都是我的願望啊！」

祈願的紅紙燒化以後，阿嬤從口袋裡掏出一個小小的塑膠袋，又從塑膠袋裡拿出一團灰白色的紙片，在香爐上繞三圈，沾染香煙。

「這是做什麼？」我問。

「我故鄉媽祖廟的靈符，每到一間廟，我就讓它吸一下神明的靈氣，戴在身上能保平安。」

「我也要保平安。」

「這個靈符跟在我身邊已經五十多年了，早就褪色，又破破的，阿嬤求一個新的給你。」

她將靈符小心翼翼的收回口袋裡，然後向廟公要了一個新的，同樣在香爐上繞三圈之後，幫我掛在脖子上。

後來，我們領了兩支令旗，又到香燭店買了很多香把和金紙，然

後回家準備東西。阿嬤叮嚀我要帶牙刷、牙膏、毛巾、布鞋、衛生紙和換洗的衣服。媽媽則提醒我要帶好筆記本、鉛筆和相機，把沿路上看到的東西記錄下來、拍攝下來，否則就繳不出春假作業了。

媽媽還嚴格要求我做好行前作業，先了解媽祖的生平事蹟，還有嘉義縣新港鄉的特色，好充分掌握旅行的資訊。她自己每次出國旅遊前，都會認真的作一番功課，像上次去巴黎玩，她就抱了好幾本法國旅遊的書，回家研究了一個禮拜。

在媽媽的指導之下，我總算在網路上找到一些資料，還將它抄在筆記本上：「媽祖又稱為天上聖母，是我國沿海人民所崇拜的航海女神，已有千年的歷史。由於台灣所有移民都是渡海而來的，因此天上聖母在台灣地區香火最盛，信徒最多，分廟也最多。新港鄉以奉天宮媽祖廟聞名全台，終年香客不斷，當地特產有新港飴、滷肉餅、花果酥……」

「喲呵！」趁媽媽上廁所，我站起來偷偷歡呼。我終於要和阿嬤出門了，我們終於可以離開這個家了，我可以放好幾天假，不用上才藝班，也不用再受悶氣了。

還有新港，那一個聞名全台的地方，擁有那麼多好吃的東西，一定很好玩，而且陪媽祖娘娘走回娘家，全校一定只有我一個，同學們知道以後，一定會羨慕死的，老師改到我的作業時，也會誇獎我，太帥了！

掩不住興奮，我蹦蹦跳跳的進入阿嬤的房間，好奇的問她：「阿嬤！我們什麼時候出發？……第一站先到哪裡？……如果半路要上廁所怎麼辦？……有很多人要去嗎？……」

「啊……嗯……」阿嬤隨便回應我幾聲，頭也不抬的整理著她的行李。「乖乖的去睡一覺吧！半夜十二點出發，到時候可不能打瞌睡喔！」

阿嬤的回應真令人失望，大概她參加過太多進香團了，不覺得有什麼稀奇的。可是，這是我第一次參加進香活動，我哪裡睡得著哇！

床上一個小紅盒子，阿嬤正準備擱進背包裡，我一好奇，也沒問她，伸手就拿過來，打開之後竟然滑出亮閃閃的金項鍊、金戒指和金手鐲。

「不要亂動我的東西。」她緊皺著眉頭，抓回紅盒子。

「哇！這是做什麼的？」我提高了音調。

「嗯，送人的。」她笑笑的，收拾落下的東西。

「給誰的啊？」

「給誰？……嗯……到時候就知道……」她又低下頭。

唉！又來了，又潑人家一盆冷水，這算哪門子回答呢？阿嬤常常這樣，心裡有話不說，說了也不說清楚，神祕兮兮的，吊人家的胃口。

3
神氣的夜遊探險隊

爸爸說了，隔天他要主持「幸福家庭座談會」，媽媽有很重要的「中小企業節稅會議」要開，所以他們早早就上床睡覺了。我和阿嬤躡手躡腳的熄了燈，關了大門，往慈天宮走去，遠遠的就看見幾十盞巨型的探照燈，把廟埕照耀得好像大白天，人潮早已滿到馬路外面了。

我們匆匆擠到進香團登記處領取號碼牌，由於裡頭人聲鼎沸，我根本聽不到阿嬤說的話，只好依樣畫葫蘆，將號碼牌別在胸口上，我摸到自己的胸口因為太興奮，劇烈的上下起伏。

「咚！咚！噹——咚！咚！噹——」正殿響起鐘鼓聲，人聲突然寂靜。

「進哦！」不知是誰，突然高聲喊叫。

「進哦！進哦！進哦！」我學著阿嬤，和大家用力嘶吼。

半空中忽然伸出幾十隻手臂，將媽祖神像一一傳接過去。媽祖娘娘就這樣，從神桌上凌空飛過善男信女的頭頂，越過熊熊烈火的大香爐，降落在三川門的鑾駕上。

緊接著廟埕上鞭炮聲響徹雲霄，八個大男人扛起鑾駕，緩緩穿過人潮，往外走去。哨子聲一吹起，領隊的老先生揮動寫著「台中慈天宮媽祖回鄉謁祖進香團」的黃旗子，用傳聲筒大聲說：「團員注意！團員注意！準備出發了。還沒點香的人趕緊去點香，大支的香要舉高，不要觸到別人，小心觸到眼睛。還有，令旗拿出來，舉起來，上面的鈴鐺千萬不要拿掉，外面庄頭黯茫茫，看不到人影，有鈴鐺聲才不會跟丟了，尋聲找人……」

黑壓壓的人群遮住了我的視線，我又不夠高，只看見白白的煙灰之中，隱隱約約有十幾個大仙尪仔的背影搖搖晃晃的，突出在遠遠的前方，旁邊閃爍著五彩燈泡的，是播放各種音樂的藝閣和花車。

阿嬤緊緊拉扯我的手臂，怕我跟丟了。也難怪，我要不是踮起腳尖，就是跳起來看，看到渾然忘我了。

「看著地上，不要跌倒了。」阿嬤在我耳朵旁叮嚀。

我回頭一看，才發現前後左右，同行的團員幾乎全都是太太和歐巴桑，年輕小姐和先生不是沒有，數量實在很少，而小孩子只有我一個。

長長的隊伍在市區裡蜿蜒，為了不妨礙交通，有許多警察分別跟在隊伍的前後，吹著哨子，指揮來往的車輛。

「哦！好好玩喔！第一次這麼晚出來，還走在馬路上，車子都要讓路給我們走耶！」實在是太新奇了，我忍不住又提問：「阿嬤，第一站在哪裡？要走多久？多久會休息一下？」

「唉！才剛開始，你就想到休息。還早咧！趁著晚上天涼，趕緊趕路，等到日頭出來，就難走了。不要看這種天涼涼冷冷的，日頭出來以後，不用兩小時，呼！那是會曬死人的。」阿嬤說著，已經微微的喘著氣了。

旁邊的人興致也都好，前面一團，後面一群的聊著天，大家好像要去郊遊似的，高興極了。走著走著，附近的商店越來越少，燈火也越來越稀疏，路上偶爾才閃過一輛車子。

在一個交流道前，隊伍左轉步上一座又寬又長的大橋，三條岔路從後頭接上來，車子多了起來。

「危險！」阿嬤突然猛力把我拉到右邊，我一驚嚇，跌入她的懷裡。

「叭——」原來是一輛大卡車呼嘯而過，靠我們很近很近。

「呼！嚇死人了！來來來，我來走在你的左邊，小孩子不注意看車，真是太危險了。夭壽喔！這司機半夜開車還開那麼快，也不怕撞到別人，遠遠的就應該看到人了啊！我們人這麼多，紅燈一閃一閃的，也不開過去一點，難道喝醉酒？這些酒鬼，自己不想活了，還要拖累別人，真敢死，喝酒不開車，開車不喝酒，統統抓去關……」阿嬤碎碎的唸著，和我交換了位置，還一直推我往路邊靠。

平常阿嬤話不多，一旦逼急了她，她還是會嘮嘮叨叨的唸個不停，功力可一點也不輸給媽媽。

不知不覺，我們已經走到郊外了，前面的大仙俑仔已經消失，藝閣和花車也都熄了燈，氣氛因為寧靜而變得有些冷清。空氣裡夾帶濕濕的涼意，冷風一吹，我興奮得縮起脖子，從頭頂朝下顫抖到腳底。

阿嬤感覺到了，連忙從背包裡摸出夾克為我披上。

周圍變成一片漆黑，眼前卻出現千萬顆紅星，在夜幕裡活潑的跳動著，那是人人手上的香把，之前淹沒在市區的燈海中，如今終於顯露出紅豆一般的小火光。大概該聊的話聊得差不多了，耳朵旁沒有人說話，只傳來叮叮噹噹的鈴鐺聲、窸窸窣窣的腳步聲和呼呼唏唏的喘息聲。我們彷彿在暗夜中航行，飄蕩在茫茫無邊的海濤上，靠著微弱的心燈相互聯絡，一會兒散開，一會兒靠攏，一起航向遠方的燈塔。

忽然有人點亮手電筒，強光在眼前一閃，大家不約而同閉緊眼睛，「呀！」的驚叫一聲。接著，每個人又很有默契的掏出自己帶的手電筒，照在路面上，不一會兒功夫，粗粗硬硬的柏油路面上映射出千萬圈細細柔柔的黃光，形成另一種奇特的景象。

有了眾多的光芒陪伴，感覺頓時大大不同，我深吸一口氣，挺起胸膛，邁開大步，一股威風凜凜的傲氣竄進腦子裡。我們是潛進亞馬遜叢林的夜遊探險隊，毒蛇猛獸藏在暗處，我全不放在眼裡；我們是咬著筷子，出來夜襲的祕密特攻隊，敵人正呼呼大睡，不知大難臨頭；我們是奉命出巡，媽祖駕前的捉鬼神差，妖魔鬼怪聞風喪膽。

可是沒多久，我又垂頭喪氣了，雖然我們人多勢眾，然而黑暗仍然無止盡的包圍著我們，光明雖不至於被它吞噬掉，卻被逼迫到細長的路面上，侷限在窄小的空間裡伸展不開，我心裡又升起一陣濃濃的無奈感。

阿嬤的手心滲透過來一道熱氣，我不自覺的往她身上靠過去，心裡泛出一種特別的感覺，好像是迷失方向時的徬徨無助，卻又清晰的感到一股暖暖的安全感。

這樣的感覺，類似的畫面，浮現在我腦海中……

也是漆黑的深夜裡，冰冷的水滴一點一點的落在我的臉上，不知

是天空降下的雨點，還是阿嬷的淚珠。我只聽到她胸口怦怦狂亂的心跳聲，和嘴裡急喘喘的呼吸聲，同樣的，視線中有一圈昏黃的光芒照在地上，卻忽前忽後，忽左忽右的定不住。我全身上下晃動著，呼吸急促，頭、喉嚨和胸口痛得快要炸開了。

五歲那一年，我還住在阿嬷竹山的家。一個深夜裡，我發高燒，咳嗽個不停，阿嬷抱著我，背著手電筒，淋著雨，走了一個小時的山路，到小鎮上敲醫生家的大門。事後我才知道我得的是急性肺炎，醫生給我打了針，說是再晚來一小時就沒救了。我記得阿嬷日日夜夜看顧著我，還不停的擦著眼淚。我這一條命，是阿嬷從死神那兒搶救回來的。

小時候，爸爸媽媽為了工作，沒有辦法照顧我，把我託給老家的阿公阿嬷帶，一直到快上小學了，爸媽才接我去台中住，所以我從小跟阿嬤的感情最好了。

兩年前阿公中風，阿嬤辛苦的照顧他，阿公過世之後，爸媽怕阿嬤一個人，沒人照顧，又接她過來住。剛開始我好高興，又可以和阿嬤生活在一起，可是我也替阿嬤難過，我看得出來，她不太喜歡台中的生活，常常悶悶不樂的，我六年前剛到的時候，也是很不習慣呢！

我記得剛到台中住的時候，那種心慌慌的感覺，很像在荒郊野外裡迷了路，天色又暗了，一個人孤單害怕，怕隨時有什麼東西跳出來傷人，就像這時候，被團團的黑暗圍住。

不過，還好，有阿嬤和我互相作伴，我們會一起走出去的。

想到這兒，我抓住阿嬤粗粗皺皺的手掌，用力的握緊。

4 變調的生日晚會

終於到達第一個休息站，是彰化市的聖興宮。三更半夜裡，人家廟門沒關，老遠的就放起長長的連珠炮來歡迎我們。怕我們餓了渴了，還提供甜蜜蜜的紅豆湯圓，隨便大家吃到飽。

當我扶著膝蓋，慢慢的彎下腰來坐到台階上時，聽到許多人和我一樣發出哼哼唉唉的叫聲，我們已經連續走了三個小時了，我的腳好痠。

阿嬤卻好像一點事也沒有，蹲下來幫我揉膝蓋。

我說：「阿嬤，妳的腳都不會痠嗎？」

「哪會？以前整天在山上跑來跑去的採竹筍，這一點點路，怎麼會痠？反倒是你，久沒有回山上去玩了，都市住久了，一隻土雞變成肉雞。」

阿嬤挖苦我，我臉上一陣熱，輕輕瞪了她一眼。

「啊？什麼雞？」領隊的老先生看到了，過來關心。「沒辦法走的人，沒關係，上車去休息，好幾台轎車隨時等著，看是要坐賓士的還是福特的，隨你挑。小朋友體力不好，車子載著走，比較輕鬆，來，來，來……」

「要嗎？阿源。」阿嬤看我。

「我——不——要——」我有點生氣了，為什麼大家看不起我，我不過是腳有一點痠。

「我來，我來。」忽然一位胖胖的老太太推開老先生，擠進來說：「用這個，用這個，剛才有好多人用過了，很有效。」

我抬頭一看，她手上拿的只不過是一張拜拜用的金紙。

「不要看不起這個東西，金紙沾鹽水，敷在痠痛的地方，一下子就好了。」她不等我說好，就蹲下來幫我敷上，又說：「放心啦！沒

事情的，媽祖婆會保佑的啦！進香的人個個都會很平安，沒有人會出事的啦！」

濕濕的紙錢一貼上來，傳來一陣冰涼，頓時，我覺得比較不疲了。我說：「耶！冰冰的，好舒服。」

「哎喲！真多謝妳喲！妳真是好心。」阿嬤彎腰鞠躬，又對我說：「阿源哪，還不快謝謝阿婆。」

「謝謝阿婆。」我笑了。

「哎呀！好乖喔。沒什麼啦！我以前參加大甲媽祖進香團，要走八天七夜咧！大家都是這樣做的，很有效的。」阿婆說。「歐巴桑啊！看來看去，全部的人只有妳帶著一個小孩子，你們祖孫倆還真是有心喔。」

阿婆笑著露出一顆金牙齒，我覺得她有一點面熟，好像在哪裡看過。

「沒有啦，剛好我們阿源放春假，就帶他一起來。人家說：『有燒香，有保庇。』看他是不是有媽祖婆的緣，可以長得快又壯。」阿嬤摸著我的頭，慈祥的笑著。

阿婆聽著，忽然轉身對領隊的老先生說：「去去去！那邊有一個老阿婆七十七歲了，去看看人家，說不定，人家想要去車上。」

老先生被阿婆一推，忙著離開了。

「啊！他是？……」阿嬤張大嘴巴問。

「喔！我頭家啦！我們夫妻一起來，他作領隊，我順便幫他巡一巡。」

哦！我想起來了，阿婆好像也是住在我們社區，我放學後到公園去玩，好像看過這一對老夫婦在敬老亭裡面唱卡拉ＯＫ。

「阿嬤，阿婆好像跟我們住在同一個社區。」我說。

「啊？是嗎？我們住在『龍邦天廈』喔。」阿嬤說。

「咦！就是，就是，我們也是啊！哎呀！原來是鄰居呀，見笑，見笑，住得那麼近都不認識，千里迢迢跑到半路才來相識，哈！哈！」

「唉！真正是，都市人都是這樣，連隔壁鄰居都不打招呼，不像我們山上庄頭庄尾，沒有一個不認識的。」

「歐巴桑，妳是山上來的喔？」阿婆問阿嬤。

「是啦，我從竹山來的，已經快兩年了。」阿嬤回答，聲音突然變小了。「……住在我大兒子家。」

阿婆熱情十足的說：「嘿！既然都是鄰居，大家就一起走吧！有伴聊聊天，時間過得快一些。」

「啊！真好。」

阿嬤話才剛說完，阿婆已經轉身去拿行李了。

我知道為什麼阿嬤說到住在爸爸家的時候，聲音忽然變小。我說過阿嬤是真的來進香的，而我卻是為了完成春假作業「小小旅行家」這一項，才跟著來看熱鬧的，然而，實際上事情沒有這麼簡單。

我的爸爸是國立大學心理系的副教授，我的媽媽是有名的會計師，兩個人整天都很忙很忙，常常是我上床睡覺了，他們才回到家，隔天我出門上學了，他們還在睡大頭覺，難得幾天碰面，更不用說聊聊天了。

人家都說我有一個好家庭，老師們一聽說我們家的情況，馬上就睜大眼睛，張大嘴巴說：「哇！很有水準喔！陳思源，你真是幸福呢！」小朋友也羨慕我可以買速食店的東西當早餐，唉！其實是家裡沒人做飯，爸媽給我的錢又多，我只好買貴一點的東西來吃，才勉強花得完。

說我幸福？我一點也不覺得，放學後我得上才藝班，學心算、畫畫、作文和小提琴，這些東西我不是很有興趣。唉！我好懷念以前住在竹山的日子，成天在山林裡釣魚、追小鳥、採筍子、摘果子……，好有趣。

還好，阿嬤來了以後，情況就好多了。早上，我有熱呼呼、香噴噴的稀飯可以吃，放學後，我有豐盛的晚餐享用，有人陪我吃飯，聽我說學校裡面許多好玩的事情，雖然還是要去上才藝課，但至少我心裡比較沒有那種寂寞的感覺了。

不過，媽媽對阿嬤煮的菜有意見。

前年，阿嬤剛來不久的冬至那一天，媽媽又很晚才回來，天很冷，阿嬤照例留著一些飯菜，一看見她進門，就忙著去廚房拿碗，擺筷子。

媽媽見了，臉上露出勉強的笑容說：「阿母，不是有打電話回來說過了嗎？我參加公司聚餐，不回來吃飯了嘛！」

「不行哪！今天是冬至，需要補一下，你們每天那麼忙，身體會受不了，趁現在好好補一補，羊肉爐、燉腰子……」阿嬤一邊說著，一邊掀開鍋蓋，菜冷了，湯肉上面浮起一層白白厚厚的油，阿嬤看見了，不好意思的笑著說：「來不及給妳加熱，等一下……」

「嘔！阿母，拜託，那都是膽固醇耶！」媽媽露出噁心的表情。

「妳說什麼醇……」

「嘔！不行，不行，不要弄給我吃，我真的吃很飽了，拜託。」

媽媽說到這兒時，臉上的笑容已經不見了。

上床之前我去上廁所，聽到爸媽房間裡有細細的談話聲。

「……又是香腸，又是臘肉，前幾天吃豬腦，今天又是羊肉爐、燉豬腎，連青菜都用豬油來炒，阿母才來沒一個月，我都已經吃下三斤豬油了，我看搞不好阿爸會中風，都是被她害的……」是媽媽。

「閉嘴，這種話妳也亂講。」是爸爸。

「我不管，你去跟她講，你是心理學的專家，最擅長溝通，你去……」

這些話我當然不敢對阿嬤講，不過，爸爸的確厲害，他舉了許多醫學證明和專家的話，唬得阿嬤一愣一愣的。

我偷偷問她：「阿嬤妳好厲害，爸爸說的妳都聽得懂，我聽不太懂耶，什麼膽固醇、高血壓、血脂肪？」

只見她兩手一攤，聳著肩膀說：「我哪裡聽得懂，但是你爸爸是讀書人，讀書人講的話不會錯，不用豬油就不用，只是可惜，豬油比較香咧，又便宜，我們以前吃了幾十年。」

接著，農曆過年前一個禮拜，剛好是阿嬤的六十大壽，爸爸本來約好親戚們要上館子擴大慶祝，阿嬤卻怕大家花錢，堅持在家裡吃她準備的大餐。

「讓壽星親自做菜？不對吧？阿母。」爸爸說。

可是這是壽星指定的，況且也沒人能煮，媽媽、二嬸、三嬸和姑姑統統要上班，所以也就只好由她去了。

前兩天，她就開始準備了，冰箱裡一會兒多了一隻雞，一會兒多了三條魚，不到一天就塞滿了雞、鴨、魚、肉和各種蔬菜水果。媽媽的臉色也隨著起了變化，東西越多，越是鐵青。

生日那一天晚上，大人們說好了，都提前下班，家裡好熱鬧，我們小孩子在客廳裡玩瘋了，只看到阿嬤圍著圍裙，額頭上冒著汗珠，身上好像安裝了一具電動馬達，忙進忙出的停不下來，臉上堆滿笑容。

「好了！快來吃吧！」

阿嬤一聲令下，大人們就離開電視機、手提電腦和手機，小孩子們就丟掉玩具、汽水和糖果，衝上大飯桌。大家坐定之後，爸爸先說話：「今天我們家大團圓，慶祝阿母六十大壽，也慶祝阿母搬來台中……」

「呵！呵！不用說了，趕快吃，趕快吃，菜很多，趕快吃，不夠，廚房還有。」阿嬤沒坐下來，反而是站在旁邊招呼大家。

「阿母，坐下來吃啦！」姑姑拉她的手。

「等一下，你們先吃，有一個菜還沒好。」阿嬤又轉身進廚房。

菜很多，有人參雞、紅燒魚、蒸螃蟹、烤龍蝦、鹽水鴨、炒花枝、涼拌魷魚、燉豬腳和三大盤的青菜。

沒多久，她又端出一大鍋的當歸土虱，看到桌上那一盤芥藍菜快要見底了，她又轉回頭。

「阿母，快來吃啊！菜已經多得吃不完了，要去哪裡？」二叔說。

「再炒一盤菜，趕快吃，快吃！」

「噢！不要，太多了，好不容易才吃完一盤，不要炒了。」媽媽說。

「阿母，我正在減肥，不能吃太多。」三嬸說。

「對啦！對啦！吃太飽對身體不好呢！」姑姑也說話。

「不夠，不夠，你們不吃，我的孫子們要吃，快吃！快吃！」阿嬤不管大家怎麼說，回到瓦斯爐前，兩三分鐘後，又端出一盤又高又尖的芥藍菜。

「哎喲——」大家不約而同的發出哀嚎。

好慘哪！到最後大家的肚子都已經快撐破了，飽到快吐出來了，桌上的菜卻還是滿滿的，好像才剛要請客似的。

阿嬤看剩那麼多菜，嘴裡不停的嘀咕：「唉！之前是去偷吃什麼東西？怎麼吃不完？要不然就是沒吃飽，隨便騙一騙……」

打開蛋糕盒蓋的時候，面對造型奇特、鮮豔美麗的鮮奶油大蛋糕，大家好像看見了鬼似的，嚇得吐出舌頭，深深倒吸了一口氣。

點蠟燭的時候，我們把燈都熄了，六枝大蠟燭一點燃，人人臉上都映照著紅光，好溫馨，好祥和。可惜，唱生日快樂歌的時候，我發現了爸爸、媽媽、二叔、二嬸、三叔、三嬸、姑姑和姑丈，都因為吃

得太撐了，眼睛裡浮現出鮮紅的血絲，還閃著亮光光的淚珠子。

只有阿嬤，笑咪咪，笑咪咪的。

5 帶阿嬤離家出走

阿嬤生日後沒幾天，又發生了一件事。

那天晚上，好不容易媽媽提早下班，和我們一起吃晚餐。晚飯後，我和阿嬤看電視，媽媽打電話和朋友聊天。

「……沒有啦！哪有賺很多錢？以前一個月還能和老公上個幾次館子，現在也不大去了，剛好我婆婆搬來我家住，有人來幫我們煮飯，正好省時、省事。耶！對！也省錢，有人來幫我煮飯、洗衣服、整理家裡，連傭人的錢都省下來了……哈！哈！哈！……」媽媽聊得起勁，忘了旁邊有人，抬起下巴，笑得好大聲。

電視正在播報新聞，阿嬤沒什麼興趣，頻頻轉頭留意媽媽。

「……對呀！想起我們以前高中時代，每天中午吃便當，荷包蛋、肉鬆、豆乾，比不上現在大魚大肉好吃，可是淡淡的白飯配上鹹鹹香香的菜，那種滋味真是令人懷念，真想再吃一口……哦——說著，說著，口水都流出來了，哈！哈！哈……」

阿嬤聽到這兒的時候，臉上突然閃出一種怪異的、興奮的表情。

第二天晚上，我從才藝班回來時，爸爸在客廳看報紙，阿嬤不在。

「爸，我回來了。阿嬤呢？」我問。

「喔，阿嬤在睡覺了，她說今天比較累，要早一點睡。」

我感覺有一點奇怪，不過才七點多，她怎麼就睡覺了呢？平常，她都差不多九點上床的。我到她的房門外看看，果然門縫下面暗暗的，可是裡面隱隱約約傳出收音機的聲音。

我回到客廳問爸爸：「阿嬤怎麼了？生病了嗎？」

「沒有啦，是因為……」

「砰——」

爸爸還沒說完，媽媽剛好開門進來。我一回頭，正好看見一隻高跟鞋落到電視下面。

媽媽左手托著一個便當盒，右手用力扯下另一隻鞋，臉上表情很難看，腮幫子鼓鼓的，急急的喘著氣。

「呼！陳英耀，我再也受不了了，你看看你媽做的好事。」她一邊說，一邊打開便當盒蓋，推到爸爸面前。「今天中午，你媽做了這個便當，走了三公里的路，到我們事務所給我送便當。我可沒叫她幫我做便當喔！你說，那不是很丟臉嗎？我都被同事笑死了……」

「噓！阿母在睡覺，不要吵醒她……」

我看見了，那個便當裝得滿滿的，原封不動的拿回來了，裡面擺了荷包蛋、肉鬆和豆乾。

「那最好，我們把話說清楚。第一，你可不可以叫她不要每天閒著沒事，就想東想西要弄什麼來給我吃，還常常打電話來公司，問我想吃什麼。吃吃吃，一大堆東西都吃不完，像那一天生日剩下的菜一大堆，吃到昨天還在吃，如果弄出個什麼癌症的，你賠得起嗎？第二，請她不要偷聽我講電話，我不過跟我高中同學聊天，說到以前吃便當的情形，她就自作主張，也不管人家要不要，就拿過來，當場真想找個地洞鑽下去……」媽媽拿食指猛力朝地上一比，頭髮都飛起來了。

「好了啦！阿母已經都跟我說了，人家是好意呀！妳不領情就算了，何必給人家臉色看呢？」

「喂！拜託！她穿拖鞋來耶！樓下警衛看到了，不相信是我的婆婆，你不知道人家的眼神有多詭異。我只是叫她拿回去，她以為我跟她客氣，一直推給我。我，我是收下了，不然人家在那邊看主任和一

個老太婆拉拉扯扯的，成何體統，你想，我會有好臉色嗎？不會吧？她先來告狀了？」

「喂！呂瑤琳，不要講那麼難聽，好歹是一家人。」爸爸瞪大眼睛。

「拜託，先生，她是你老母耶！一家人？」

我好緊張，媽媽越說話越酸，而爸爸的臉說有多難看就有多難看。只是，阿嬤，阿嬤好可憐，她不知道聽到了沒有？他們吵得那麼大聲。

隔天下午放學後，正好沒有才藝班的課，我就直接回家了。阿嬤見了我，先叫我吃點心，她臉上沒有表情，口氣也平平的。

她進房間後不久就出來，手裡握著一疊東西，客氣的對我說：「阿源，麻煩你，等一下你爸媽回來的時候，請把這些錢拿給他們。

這是我這一個月來的房租、水、電、瓦斯錢和菜錢。水、電、瓦斯，我都照繳費單上面的金額去算；菜錢，我來了以後花得比較多，兩千塊不知道夠不夠？唉！真是不好意思，在這裡打擾你們的生活，總共是六千一百……」

「阿嬤，妳是在幹什麼？」看到錢，我一下子愣住了。

「六千一百五十二塊，你拿去給你媽媽。」她把錢塞進我懷裡。

「我不要！我不要！這是在幹什麼？」我又把錢塞回去。

她揮手一擋，幾十張百元鈔票和一堆銅板離了手，散落一地。

「阿嬤來這裡打擾你們了……嗚……」阿嬤蹲下來撿，說著說著，說不出話了，低頭輕聲哭出來。

「不要——不要——我不要這樣……哇嗚……」我跺腳，大聲哭鬧。

我很氣，很氣媽媽講話那麼難聽，很氣爸爸那麼軟弱，更氣阿嬤那麼見外，竟然要跟我撇清關係。我更難過，覺得心裡很酸很痛，為什麼？為什麼我們家不像一個家？

後來，阿嬤把錢拿給媽媽，媽媽當然沒有收，只聽到她又羞又惱的說：「阿母喔！妳這是做什麼？妳千萬不要害我，這若是傳出去，親戚朋友會怎麼說我？這是妳的家，妳要吃、要穿、要住，樣樣隨便妳，沒有吃妳那一個便當，真是有那麼不孝嗎？妳不要害我！不要害我！」

不過，那一次以後，媽媽對阿嬤就比較客氣一些了，阿嬤卻常待在房間聽收音機，沒出來客廳看電視。

一個禮拜天早上，阿嬤上菜市場買菜，爸爸媽媽沒上班，一邊吃著早餐，一邊看報紙，一邊閒聊。

爸爸嘆了一口氣說：「唉！社會心理學也說了，其實老人，妳該給他一些事情做，他們有得忙，就不會去煩年輕人了。就像阿母，整天在家沒事幹，她就只會做家事，當然想盡辦法弄出山珍海味來餵我們囉！唉！只是，該叫她做什麼呢？」

「嗯……對了。阿母以前不是常幫你們算命啦，問神明啦，以前思源給她帶的時候，有事沒事就帶去收驚，還常常提起媽祖顯靈的事情？」

「媽祖顯靈……，嗯？妳的意思是說……那一座新落成的媽祖廟？」

「哈！對呀。開廟門那一天，我們不是去參觀嗎？我看到公告欄裡面貼了一張紅紙，招募進香團，好像要去哪裡的天后宮進香，你可以叫阿母去呀！去拜拜，幫全家大小求平安，這，我想她應該很有興趣才對。我就說我常常會頭痛，吃了止痛藥也沒好，然後你就說……你不是有痔瘡嗎？常常痛得受不了，而且忙著發表論文，準備升教授，哎呀！反正只要她不來煩我，剛好老年人迷信嘛！」

「哇！我的老婆大人哪！妳真不是普通的聰明耶！」爸爸臉上歡喜的表情，簡直就像是中了百萬大獎。

怪的是，阿嬤真的很聽話，一聽到爸媽的痛苦和心願，毫不考慮的就答應了。而且，從此以後，三天兩頭就往慈天宮燒香拜拜，還參加了好幾梯次的進香團，到全省各處媽祖廟進香。

像這一次徒步進香活動，人家阿嬤早就已經知道了，他們還怕她記性不好，吃飯的時候提一下，洗碗的時候也說一下。就連我的加入，也是爸媽的主意，說是我的春假作業「小小旅行家」這一項，正好可以記錄台灣的宗教慶典和傳統民俗活動，是一個非常難得的學習機會。

哼！誰不知道他們心裡面打著什麼算盤。這樣，阿嬤就非去不可了。

這些話我全說給阿嬤聽，我還激動的說：「他們是故意的！」

想不到阿嬤竟然回我說：「作人家晚輩的人，千萬不可以批評長輩，那是不肖的行為。而且，你爸爸媽媽也真的很需要媽祖婆保佑啊！」

阿嬤真呆，她就是那種被人賣了，還幫人家數錢的那一種呆瓜。

現在好了，阿嬤被騙出門了，明天開始，他們兩個人就可以逍遙自在的，在家裡蹺起二郎腿，聽交響樂，喝下午茶，享受難得的清靜了。

哼！也好，反正我早就想帶阿嬤離家出走了。

6

唱一曲「阿嬤的話」

「劈哩啪啦——劈哩啪啦——」

過了半個小時，鞭炮又響起，催促我們離開彰化，繼續趕路。

「媽祖娘娘起駕啦！——」一個大人在廟埕前頭大聲呼喊。

那個人穿清朝的服裝，外加羊毛衣，戴斗笠，扛了一把紙傘，上頭繫著豬腳和韭菜，一手拿煙斗，一腳打赤腳，一腳穿草鞋，造型很特殊。

我好奇，問阿嬤，她卻叫我去問領隊的老先生。

老先生愣了一下，笑笑說：「嘿！想不到少年郎對這個有興趣。那個喔，報馬仔啦！報馬仔的任務，就是走在進香隊前面通知各庄頭，說：『哦！大家趕緊出來看熱鬧喔！』這樣，人家才知道我們到了。」

「為什麼要穿成這樣？」我問。

「那是故意的嘛！豬腳代表長生肉，韭菜是長生菜，有祈求長長久久的意思，拿傘是怕下雨，一隻腳沒穿鞋，是要告訴別人他很辛苦，忙著趕路，走到鞋子掉了都不知道。呵！呵！呵！」

「啊！哈！哈！」真好玩，我趕快問了「報馬仔」怎麼寫，拿出筆記本記下來，又拿相機把他拍起來。

阿婆問阿嬤：「哎喲！這孫子真乖，對什麼都有興趣，很會讀書吧？」

「哪有？說是要寫春假作業，題目就是和進香有關，平常還不是看電視、打電動，真愛玩。」

阿嬤還沒說完，我的耳根子已經熱了。

我們背起背包，慢慢的跟上隊伍。我的腳已經不痠了，精神也好了許多，感覺好像還可以跑馬拉松比賽。阿婆不跟在老先生旁邊，反而跑過來跟我們走，阿嬤多了一個伴，顯得很開心。

「歐巴桑，是怎麼想到要來進香啊？」阿婆問阿嬤。

「唉！老人一個，待在家裡沒事情做，四處去進香，消磨時間。」

「我看哪！妳真是好命，家裡面沒有什麼好煩惱的，可以到處去玩，不像我，為了婆婆的身體，忙東忙西的，一下子家裡，一下子醫院。」

「哦？她的身體怎麼了？」

「她已經九十歲了，本來很勇健，去年跌斷腿骨，開刀以後就不太能走路，去年底又白內障去手術眼睛，一年開兩個刀，快要受不了了。」阿婆皺皺眉頭。

「現在呢？好一點沒有？」

「就是心臟有一點沒力，常常會喘，我就想說來參加進香，祈求媽祖婆保庇她，身體清爽一些。」

「妳真是一個孝順的媳婦哇！」阿嬤說。

「哪有？沒有啦！」阿婆客氣的回答。

「唉！其實，我也不是多好命啦！我來進香還不是為了家裡大大小小。大兒子在大學當副教授，大媳婦在做會計師，常常忙著處理客戶的帳目，頭痛很久了，吃藥都沒有效，我光是煩惱這一些事就……」

「哎喲！拜託，這樣子妳還說，子孫媳婦都很有成就，還說不是好命，妳就是太好命，才會煩惱到子孫身上去，人家說：『兒孫自有兒孫福』，我們老人不用管他們那麼多啦！管好自己，身體健康，快快樂樂就好了。」

「唉！管好自己……，自己沒管好，反而拖累子孫。」阿嬤說到這兒，好像有心事似的，呆呆望著地上。

「就像我，我們家是四代同堂，我婆婆每天唸佛，我和我頭家都到社區的老人活動中心參加活動，跳土風舞啦，唱卡拉OK啦，兒子媳婦上班，孫子們上學，各人忙各人的，互相不侵犯，大家相安無事。要不，每天待在家裡，人生都沒滋味了，我們管年輕人的事，那注定被人討厭，人家有自己的想法，時代不一樣囉！以前我呆呆的，幫他們想很多，做很多，結果好心沒好報，後來我想通了，我們也不喜歡人家來管我們啊，大家自由自在，比較好啦！」阿婆好健談，阿嬤說沒兩句話，她就劈哩啪啦說了一大堆，兩隻手在空中揮來揮去，外帶豐富的表情，好可愛。

阿嬤說：「呵！是啦，時代不一樣囉，現在的媳婦，要去哪裡也不會先跟老人說，要做什麼事，也不會先問公婆的意見，不像我們以前當人家的媳婦，怕公婆就像是老鼠怕貓，什麼事情都要先問了才敢做。」

「對呀！以前的媳婦買衣服回家，一定鎖在衣櫃裡面，怕公婆罵她風騷、浪費，現在不一樣了，買回來直接拿給我看，還問我意見，很大方咧！現在的婆婆把飯煮熟了，媳婦回來，若是會洗碗，已經很孝順了。」

「嗯！錢是他們賺的，有什麼辦法？呵！呵！」阿嬤笑著。

我覺得阿嬤笑得有些無奈，不過有阿婆作伴，阿嬤的心情開朗許多了，一路上都有說有笑的。

阿婆走著，忽然轉過來對阿嬤說：「對啦！有一首台語歌，妳一定聽過，我唱給妳聽，很有意思，跟我們剛剛說的……」

「哪一首？」

「聽了就知道，咳……咳……」阿婆賣個關子，清了清喉嚨，唱道：「噹答啦啷噹噹……噹答啦啷噹噹……做人的媳婦就要知道理，晚晚去睏，得早早起，起來梳妝抹粉點胭脂，入大廳，擦桌椅，踏入灶下（廚房）洗碗箸（筷子），踏入繡房做針黹（針線活兒）。做人的媳婦又真艱苦，又要煩惱天未光，又要煩惱鴨沒蛋，煩惱小姑要嫁沒嫁妝，煩惱小叔仔要娶……沒眠床……」

阿嬤笑說：「呵！這一首是『阿嬤的話』嘛！說的是古早的媳婦！」

我聽過這首歌，阿嬤聽收音機，廣播節目裡偶爾會播出這一首。

阿婆真是個老頑童，她學人家演歌仔戲的，翹起食指和小指，在阿嬤和我的面前比來比去的，還一下子蹲下，一下子轉身，好有趣。

「呼……，對啦，古早的媳婦最乖。還有，還有，再來唱現在的。」阿婆也不管喘不喘，深吸一口氣，又唱：「若是娶到那個壞媳婦，早早就去睏，晚晚還不起床，透早若是把她叫醒，就臉臭臭，頭髮又擱背在肩胛頭，木屐又擱拖在腳跟後，就ㄎㄧㄎㄧ控控、ㄎㄧㄎㄧ控控起來，罵大家官（公公婆婆）是老柴頭……」她又一手扠腰，一手伸出食指，像只大茶壺似的，學潑婦罵街的模樣。

「呵！呵！呵……」

「哈！哈！哈……」

我和阿嬤笑得東倒西歪。

「唉！」她一唱完就嘆了一口氣說：「沒辦法，沒辦法，時代不一樣囉，輪到我們當婆婆，兒子媳婦不來孝順我們，反而要我們去孝順人家了。我說，都是牛奶害的，現在的小孩吃牛奶的比較多，所以難怪不孝的多，根本就是牛養大的嘛！牛的兒子嘛！怎麼懂得孝順人呢？」

「唉！沒辦法，呵！呵……」阿嬤一邊搖頭嘆氣，一邊又笑個不停。

「還有，現在的父母都叫自己的兒子『ㄇㄟˋ ㄇㄟˋ』，叫自己的女兒『ㄇㄟˋ ㄇㄟˋ』，沒大沒小的，我聽得很不習慣，亂了嘛！什麼弟弟、妹妹的，父子變兄弟，母女變姊妹，小孩子長大以後當然不懂得孝順啦！」阿婆說著說著，好像在發洩怨氣。

我想起小時候，阿嬤阿公都叫我「阿源」，爸媽去竹山看我時，卻都「ㄉㄧ ㄉㄧ，ㄉㄧ ㄉㄧ」的叫我，阿婆說的話，真有幾分道理。

她接著又說：「對啦！歐巴桑，妳平常都做什麼消遣？」

「哪有?煮飯、洗衣服、看電視、聽收音機。」

「哎呀!煮飯、洗衣,留給傭人去做就好了,妳兒子媳婦那麼會賺錢,請傭人沒差啦!我看哪!回台中以後,妳就跟我們去老人活動中心,跟我們一起跳土風舞、唱歌,不要去煩惱兒孫媳婦的事了,人家媳婦都不煩惱了,我們當人家婆婆的,管他去的。對不對?」

「不過……,唱歌跳舞,我都不會耶!」

「那有什麼關係,我教妳,跟著我亂跳亂唱就好了,快樂就好。」

「唉!是啦,能快樂,那是最好了。」

阿嬤真是的,每次回答好像都有心事似的,和活潑的阿婆一比,完全就是兩種不同類型的人,不知道人家阿婆怎麼可以這麼快樂?

阿婆說的沒錯,有伴聊聊天,時間過得快一些。聊著聊著,不知不覺已經穿過另一處黑暗的田園，前方一個燈火輝煌的小鎮，正眨著千萬顆眼睛，等候我們光臨。

7
媽祖婆顯神蹟

到達員林東隆宮的時候，東方的天空已經微微的露出一些白光。歡迎我們的鞭炮聲、舞獅隊和鑼鼓陣已經引不起我的興趣，我坐下來休息喝飲料，累得說不出話來了。

離開台中，已經足足過了六個小時了。

我覺得很累，閉起眼睛，腦子裡面卻好像有一團團絲線纏繞在一起，東一團亂，西一團糟，想要理出頭緒，不料越理越糾結，越理越雜亂。

反正睡不著，我乾脆拿出網路上的資料來看，出發前由於太興奮了，很多資料查到了，卻都沒心情仔細的讀一讀。

我翻開第二頁，上頭寫著：「媽祖的父親是宋朝時候的官員，奉命維持沿海的治安，告老還鄉之後，造橋鋪路，做了許多善事，人家稱呼他為『林善人』。傳說有一天夜裡，媽祖的母親夢見觀音大士賜給她一顆藥丸，她吃下了以後竟然就懷孕了。宋太祖建隆元年（西元九六〇年）農曆三月二十三日的晚上，忽然從西北方有一道紅光射進來，光輝燦爛、晶瑩奪目，屋子裡面瀰漫著一種奇特的香氣，久久都沒有散去，媽祖就在這個時候誕生。媽祖出生後，一直到滿月都沒有哭過，大家覺得這個女娃兒很特別，就把她取名為『林默』，又稱為『林默娘』……」

記得出發前，我印好資料的時候，媽媽在一旁讀了，指著一條條的「媽祖生平大事記要」，笑著說：「哎呀！又是一堆傳說，傳說十三歲就跟玄通道士學祕法啦，傳說十九歲時父親溺水被她救起，又航海尋找失蹤的哥哥啦，傳說二十三歲收服千里眼、順風耳做為跟前大將啦，傳說二十八歲九九重陽節時，登上湄峰山頂升天成仙啦，傳說，傳說……，唉！一大堆的傳說。思源哪！傳說是傳說，不是真實的，讀一讀好玩有趣，可不要當真，要不然就變成迷信了，像你阿嬤就是太迷信了，動不動就要幫人家去算命、收驚、問神、改運，全被那些神棍騙得團團轉。」

我說：「可是，我們有看過媽祖很靈驗的事情，在阿嬤家的時候……」

「噢！拜託，媽祖顯靈，你阿嬤已經講過很多次了，每次都繪聲繪影的，根本就是牽強附會加巧合，現在可是科學時代耶！我看哪，傳說啦，神話啦，就是像阿嬤這種迷信的人編造出來的。唉，求神拜佛，不如求自己，相信自己最重要，不要去靠一些怪力亂神、妖魔鬼怪。」

「可是……」

媽媽睜大眼睛等我接話，我卻突然不想再說了。我知道，我再怎麼說，她也是不願意相信的，她只相信她自己說的。

爸媽都笑阿嬤迷信，他們當真只相信自己，只靠自己嗎？才怪！幾年前爸爸想升副教授的時候，媽媽要考會計師執照的時候，還不都打電話請阿嬤去幫忙算命、拜拜、改運。阿嬤說以前爸爸要考研究所和博士班時，都要阿嬤帶他去恩主公廟壓准考證，請神明照著號碼保佑人；媽媽肚子裡懷我的時候，也請阿嬤帶她去拜註生娘娘，保佑生產順利。現在倒好了，所有祈求的願望都實現了，就一腳把人家神明踢開，還笑阿嬤是迷信，這是什麼意思？這樣對嗎？

更何況媽祖顯靈，是我、阿嬤和阿公共同經歷的，我們都是見證人。

六歲那一年，我還住在竹山。有一天晚上，阿公又早早出門，到了三更半夜還沒回家，阿嬤在門口走來走去，急得像是熱鍋上的螞蟻。

阿嬤說：「雖然說也是每天都跑去山下喝酒，可是從來沒有這麼晚回來過，如果喝醉了，睡在山下，也會有人打電話回來通知一下的，怎麼會都沒有呢？是不是出了什麼事？醉死在半路？跌入山溝？掉進溪水？聽說最近很多人養狗養到一半，不想養了，就抓到山上放生，山上野狗變得很多，一些畜生、雞呀、鴨啊，都被偷咬死了，哎喲！越想越恐怖。」

我一聽，全身起了一陣雞皮疙瘩，慌得掉下眼淚。

阿嬤等不及了，轉身進屋裡拿出手電筒，抓著我，沿山路一路找下去，到了阿公常去喝酒的麵攤，早就一個人影也沒有了。

一整夜，阿嬤都沒闔上眼。第二天一早，她又出去找，仍然是一無所獲，直到中午，隔壁的老公公慌慌張張的跑進門，對阿嬤說：

「罔市啊！趕緊！妳頭家出事了，跌進山溝裡面，摔得全身是傷，叫不清醒，我剛才去溪裡面洗筍子才看到，趕緊，趕緊送醫院，我去多找一些人來幫忙。」

阿嬤聽了，反而不慌了，交代我待著看家，然後鎮定的跟著出去。

隔天，我在醫院看見阿公的時候，嚇了一大跳。臉上的擦傷不說，他的右手和左腳都斷了，綁了好大一坨的石膏，脖子也受傷，用一圈東西固定，要命的是後腦勺破了一個洞，整個頭腫脹變形，而且昏迷不醒。

阿嬤沒哭，反倒過來安慰含著淚水的我，說：「阿源哪！不要嚇到了，醫生說要觀察兩天，如果有醒過來，就比較沒事。」

那兩天裡，爸媽和親戚們都來探望過了，鮮花水果擺了一堆，也圍著醫生護士問了很多問題，可是誰也幫不了什麼忙，安慰了阿嬤幾句話之後就都回去了。剩下阿嬤，雙手抓緊一個靈符，蹲在床腳，喃喃自語：「大慈大悲的媽祖婆，請您保庇……保庇……」

兩天之後，阿公仍然沒有醒來，醫生搖搖頭說：「再這樣下去，恐怕要變成植物人了。」

阿嬤不甘心，拉我到小鎮上的媽祖廟，對我說：「阿源哪！若是你阿公命不該死，我們一起來求媽祖婆，求祂保庇阿公趕緊醒過來，現在跟阿嬤一起，真心誠意的求媽祖婆，求祂保庇阿公趕緊醒過來，拜託。」

我認真的點點頭，陪阿嬤跪在神桌前面，很誠心的祈求。我心裡默默唸著：「媽祖婆，求求您保佑我阿公趕快醒過來，求求您……」

我們誠心祈求，叩頭跪拜，一遍又一遍，一遍又一遍……。

回到醫院的時候，天色已經暗了，醫生看見了，跑過來跟阿嬤說：「歐巴桑，我剛才突然靈光一閃，想到有一種新藥，也許會有效，只是我從來沒有用過，別的醫生也還沒用過，不知道妳願不願意試試看？」

阿嬤張大眼睛，猛點頭說：「當然，當然……」

沒想到，這一針打下去，真的見效了，兩個多小時後，阿公奇蹟似的清醒過來，而且一醒過來就唉唉叫，大聲喊痛。醫生護士都很高興，我和阿嬤更歡喜了，兩個人抱得緊緊的。

阿嬤挨近阿公，罵說：「你剛剛鬼門關走了一圈，還知道痛，已經很不錯了。死老猴，看你還要不要喝醉酒？你已經死死昏昏的躺了三天了，你知道嗎？醫生本來要判你死刑了，好在媽祖婆……」

阿公聽了，愣愣的自言自語：「……咦？奇怪，剛才那個女生？

我記得本來前面一片黑暗，我一口氣喘不過來，感覺被什麼東西壓住，很痛苦，忽然間，有一個女生出來，站在我的身邊對我說：『吸氣……吐氣……吸氣……吐氣……』，我照著做，就感覺比較輕鬆一點。然後前面有光線，我探頭去看，就看到這裡了，看到妳……」

阿嬤抱緊我，咧開嘴，望著天花板說：「媽祖婆真正有靈感，有靈感，一定是祂，給醫生點了一下，醫生才想到這仙丹妙藥，真感謝！感謝！」

這是千真萬確的事，爸媽卻把它當作是一則「天方夜譚」般的神話故事，每次阿嬤提起，他們總是「嗯……嗯……喔……」的應付一下，然後暗地裡笑阿嬤迷信。我覺得爸媽真奇怪，他們「平時不燒香，臨時抱佛腳」也就算了，還看不起燒香的人，真是矛盾哪！

8
鄉下人真好客

離開東隆宮的時候，隊伍突然塞住，沒辦法前進，我好奇的擠到前面探個究竟，發現鑾駕正高高的被人抬起，下面有人大排長龍，趴在柏油路上，讓鑾駕從他身上滑過，大家圍在旁邊觀看。

我趕緊拿出相機按下快門，心裡卻想，雖然扛神轎的人魁梧有力，可是經過一整夜沒有睡覺，萬一精神不好，一個閃失，會不會……？

我把擔心告訴領隊的老先生，他大笑說：「哈！哈！哪有可能？媽祖婆有神力，會飛起來滑過去，不可能壓到人的啦！這叫做『鑽轎腳』，鑽過神轎下面的人，能得到神明的庇佑喔！天亮了，附近的人知道我們來了，早早起床來鑽轎腳。咦！對了，你要不要去試試看？」

老先生說完，也不等我答應，一把拉住我的手，排到人龍後面趴

下。

當鑾駕離我越來越近的時候，我的心撲通撲通亂跳。

「咻——」鑾駕飛過頭頂，我轉頭望著它的背影，捏了一把冷汗。

「鑽轎腳」真刺激，我覺得精神一振，睡意全不見了。

好不容易走出員林鎮，視野突然開闊起來。左邊遠遠的有一排半透明的青翠山脈，前方和右邊全都是一望無際的田園，碧綠的稻葉從眼前延伸到天邊，像是一大張毛茸茸的綠色地毯，微風一吹，一波一波的綠浪翻捲過去，比真的海浪還美麗。路旁的行道樹和野草上面，還留著一顆顆的露珠，在晨光的照耀下閃閃發光、晶瑩剔透。

經過一些村莊，又看見奇特的景象。

村民們早在自家門口準備了桌子和長板凳，桌上擺香爐，凳子上有點心和茶水，鑾駕經過時，他們就燒香膜拜，然後跑進隊伍裡面拉人，說：「口渴了吧！進來奉茶，不要客氣，順便吃早點。」

阿嬤和阿婆都說不渴，卻不忍心拒絕人家的好意，停下來喝了茶。我把各種飲料都拿來吃了一杯，肚子一下子就鼓起來，連早餐都省了。

幾分鐘後，又忙著趕路，村民們連忙將沒吃完的點心打包，塞給每個進香的人說：「帶著路上吃，這紅龜粿、草仔粿和麻糬自家做的，不是什麼好東西，多包涵。」

我覺得很奇怪，這些人是哪裡冒出來的？為什麼對我們這麼好？

阿嬤捧著點心，搖搖頭說：「鄉下人真古意，對客人真熱忱，有好吃的都分給別人。」

阿婆說：「你不知道，我們走的路線，就是大甲媽祖進香的路

線。他們庄頭上的人，自古就這樣，難得有媽祖神轎經過，他們都很歡喜，自動出來燒香拜拜、招待客人，對進香客就像對自己家人，就算你說要留下來住一夜，他們也會挪出最好的房間，信不信？我們以前就有這樣。」

「唉！真是難得喔！不像我們都市，同一層樓的人互相都不認識，一點人情味也沒有。這些人卻把陌生人當成貴賓。」阿嬤感嘆。

「對了，忘了告訴你，人家送東西，千萬不要因為不好意思拒絕，就拿一大堆，要不然帶在身上沒吃完，會越來越重，越走越吃力。」阿婆說完，回頭對我說：「有沒有聽到？小朋友。」

阿婆說的真是沒錯，到了中午，人人手上已經抱滿一堆吃的東西，北斗奠安宮為我們準備的一桌桌飯菜，去吃的人少，大家都煩惱著如何把手上的食物解決掉。

吃完中飯，休息了兩個小時，可是下午的時候，我又睏了，腦子裡昏昏沉沉的，眼睛又痠又緊，皮膚像是有千萬隻螞蟻在咬，又刺又癢。我忍著，兩隻腳卻已經失去知覺，整個人飄在半空中，滑翔前進。

忽然眼前一片黑暗，接著手臂傳來一陣疼痛，眼前又亮了。

「哎呀！阿源哪！要睡就上車去睡，不要一邊走一邊打瞌睡，差一點就跌倒了，危險。」是阿嬤拉住我的手臂。

我揉揉眼睛，擦去流出來的口水，深深吸一口氣。

「對啦！阿源哪！去車上睡。」阿婆也說。

「不要！不要。」我用力搖頭。

到目前為止，都沒有人上車休息，包括那一位七十七歲的老阿婆。

阿婆說：「我看，背包統統送上車子好了，這樣走起來比較輕鬆。沒關係，今天晚上到三條圳三山國王廟，會休息久一點，可以好好睡一覺，現在再忍耐一下。」

我抓住阿嬤的手，迷迷糊糊的跟著，大概大家都累了，耳朵邊只偶爾傳來一些人聲。

「唉！很累耶……兩隻腳又痠又麻……」

「忍一下，媽祖婆會保佑你的……忍一下，馬上就熬過去了……」

說這話的不知是阿嬤？阿婆？還是其他團員？我已經分辨不清了。

不知又過了多久，路上的景物失去原有的光彩，變得模糊。身上又刺又癢的感覺已經被痠痛取代了，說不出是哪裡，脖子、肩膀、腰部、背部、大腿、膝蓋、小腿，或是腳底？受不了這日夜操勞，不用去按它就主動傳來撕裂一般的痛苦，它們似乎聯合起來向大腦抗議，預備罷工歇業，我咬緊牙關，皺緊眉頭，苦撐下去。

終於，終於到了三山國王廟，終於可以休息了，我全身一癱，靠在廟門的石獅子腳下，忽然一股被鐵釘刺穿的痛楚，閃電似的竄入腦神經。

「哇！阿嬤，我的腳好痛，嗚！」我再也忍不住了，向阿嬤求救。

「來，阿嬤幫你揉一揉。」阿嬤說話時，精神也不太好。

她伸手過來抓我的小腿肚，我說：「不是這裡，是腳底很痛。」

「腳底喔？」她脫下我的布鞋，驚呼一聲：「夭壽喔！腫這麼大一塊水泡，難怪很痛，也不早講，叫你上車去，硬是不要，這個孩子。」

阿婆看了，點點頭，轉身到車上去取東西。

回來的時候，她秀一秀手上的針線包和醫藥箱，說：「這個我最內行，先弄破皮，把水擠出來，再用碘酒塗一下，等一下就不痛了。」

說完，她點燃打火機，將縫衣針燒紅，瞬間穿過水泡，擠出裡面的水，再塗上碘酒。一下子，冰涼感取代了疼痛，我又能笑了。

旁邊人看見了，紛紛找阿婆幫忙，連阿嬤也伸出腳掌，弄破了兩個。

「各位團員注意！附近的居民很好心，免費提供大家洗澡，請大家先去洗一洗，等一下七點，到後殿吃飯。」領隊的老先生用傳聲筒說：「吃飽飯以後，一直到十二點鑾駕才會起駕，請大家趁這一段時間好好休息。」

阿婆帶我們去一家雜貨店借浴室洗澡，店老闆笑容滿面的說：「歐巴桑，什麼風又把妳吹來了？這麼誠心，常常在進香，歐吉桑呢？」

「他喔？他在廟裡面發落一些事情，等一下就過來。老闆，真不好意思，又來打攪你，每次來都給你借東借西，哈！我今天又帶人來，麻煩跟你借浴室洗澡。」阿婆好像和老闆很熟，說完，轉身對阿嬤說：「這一間店的老闆很善心，我們每一次來都來找他，我頭家不好意思，上次來的時候還送了一個獎牌答謝他。」

阿婆指一指壁櫥裡一面金色的獎牌給我們看，上面刻著「友誼永存」四個大紅字。

老闆忽然不見了，一會兒出現時捧出一盤熱騰騰的包子。

我們各吃了一個，然後輪流進浴室去。

洗了一個熱呼呼的澡，疼痛瞬間隨著汗臭流進排水孔，那感覺好像是卸下肩頭上千百斤的重擔，整個人脫胎換骨，重新活過來一次。

回到客廳時，又聽到老闆說：「盡量吃，盡量吃，不過我太太還沒全部煮好，留一點肚子吃別的菜。出外靠朋友嘛！我們小地方，難得有外地的朋友光臨，讓我們鄉下地方熱鬧起來，一點小東西，不要客氣。哈！」

「對啦！上次不是答應說要來台中玩，怎麼都沒來？什麼時候來玩，換我來請客，每次都讓你請，真是不好意思。」阿婆說。

阿嬤接著說：「對，對，來台中玩啦！我們住同一個社區，別忘了來我們家，我也要請你。這一路上都讓鄉親們請，真是不好意思喔！」

「好，好，一定，一定。」老闆點點頭，又說：「你們住在同一個社區，相約一起來進香，有伴真好。」

「哪裡？我們是半路才認識的啦！住同一個社區，本來完全不相識，來到半路才認識，我們這些都市人真是見笑，見笑，哈！哈！哈！」阿婆笑得往後仰，伸手遮住半張大大的嘴巴。

結果，我們還是沒去吃廟裡面的晚餐，因為肚子早就被老闆塞飽了。老闆還清理了一間通鋪，要我們進去睡一下，免得十二點鑾駕起駕，半夜趕路會撐不住。

阿嬤先帶我進三山國王廟燒香拜拜。和每一個經過的廟宇一樣，阿嬤又拿出她的靈符在香煙中繞三圈，我也掏出我的那一個，學著做一遍。

回到雜貨店，我躺上床，心想，天哪！我總算可以好好的睡一覺了。

9 可憐養女沒人愛

這一覺睡得好沉、好沉，阿嬤搖醒我的時候，我望著天花板發呆，根本忘了自己是在什麼地方。

不過經過這四個小時的休息，體力果然恢復很多，不只是我，阿嬤、阿婆和其他團員們也是，一上了路又開始有說有笑的了。阿婆說：「唉！其實出來鄉下走一走也是不錯，不然待在都市裡面，汽車叭叭叫、工廠隆隆叫、示威抗議哇哇亂叫，到處吵吵鬧鬧，吵死人。空氣又不好，住久了，快要生病了，還是鄉下好，又安靜，又清淨，連一點點……」

「阿婆，還有水污染，妳沒有講到。」我插嘴補充。

「對，對，對，連要喝的水也受到污染，像我頭家他阿叔住在高雄，聽他說自來水不能喝，有臭油味，要喝水都要買山泉水來煮，一個月花在買水喝的錢，得要一兩千塊呢！」阿婆對我笑一笑。

「唉！可憐，可憐，污染到這種地步。」阿嬤搖搖頭，又說：「說到走一走，歐巴桑，有沒有出國去玩？還是都在台灣玩？聽說外國很乾淨。」

「哎喲，不要叫我歐巴桑啦！我們是鄰居，叫這樣很生疏。」

「要不……」

「我頭家叫做阿土仔，人家都叫我阿土嬸啦！現在，既然我們是鄰居，又這麼有緣，就叫我的名，秀枝仔就好了。」

「秀枝仔。」阿嬤點頭。

「啊，妳呢？」

「我，我叫做罔市仔。」

「罔市仔？勉強養著的那個『罔市』？哎喲！以前的人過分重男輕女，只愛生男生，看不起女孩子，什麼『罔市』、『罔腰』、『罔惜』？若是讓他們活在現代，一定會嚇死的，現在的女生當主管、老闆的一大堆，怎麼可以看輕呢？像妳媳婦當會計師，一個月至少也能賺幾十萬吧？」

「嘿，賺多少我是不知道啦！不過，她們比較好命，自己賺錢自己花，自由自在，對自己又很好，懂得保養，今天去美容院做臉，明天去減肥中心減肥，瘦得剩下幾兩肉，還嫌自己不夠苗條，唉！」阿嬤苦笑。

「不過，有保養有差，人家年輕一輩的，常常看不出幾歲喔！」

「對呀！不像我滿臉的皺紋和老人斑。不過妳說得對，現在人比較不會老，以前不是，像我婆婆，我嫁過去時，她才四十五歲，頭髮就束起來，穿唐裝、黑褲，年紀很輕，看起來卻很老。」

「哦！她現在還在嗎？」

「唉！沒有了，公公婆婆都過世了。」阿嬤嘆了口氣。

我精神好，想聊天，但這些「婆婆媽媽」的話題又插不上嘴，真悶。

「對了！妳剛才問我出國去玩。有啦！去過泰國、新加坡、馬來西亞、香港、中國大陸……」阿婆數著手指頭，又說：「咦？到底幾個，我也忘記了。妳呢？罔市仔。」

「我沒像妳那麼好命，我只有去過泰國。就是有一次，去什麼地方進香，同一團的人就說泰國那邊也有一個華僑在拜的媽祖廟，說是很靈感，找人一起去。我回去問兒子，他很鼓勵我去，就幫我出錢。」阿嬤說。「聽說那個廟有很多神蹟，結果去的人很多。對了！說到媽祖婆顯靈，我家就發生過一次。」

「真的？」阿婆張大眼睛。

「我頭家還在的時候，媽祖婆就曾經救過他的命。那一天，他下山喝酒，喝醉了……」阿嬤再次說起這個故事，兩隻手在胸前比畫，臉上興奮的表情，就像是第一次將天大的發現說給人家聽。

可惜，我聽過好幾遍了，又親身經歷過，一點也不覺得新奇有趣。

抵達西螺福興宮時，是凌晨三點二十分。

我們坐在廟後面的水池邊休息，阿婆搖頭嘆氣說：「說我好命，其實沒有，不只我的婆婆身體不好，自己的阿母身體也虛弱，兩個月前感冒，到現在還沒好，整天躺在床上，一起來上廁所，就喊頭暈。我一下子要顧這邊，一下子要回娘家去顧那一邊，一根蠟燭兩頭燒，也是很累。」

「唉！辛苦是辛苦，但是有老人家在家，又有娘家可以回去，可以早晚問安，也是很有福氣的事情。」阿嬤羨慕的說。

「聽妳這麼說，難道妳的阿母也已經過世了嗎？」

「唉──」阿嬤長長的嘆了一口氣，說：「如果真是這樣，我該怎麼辦？我連她是死是活都不知道喔！妳看，做人子女的，沒有盡到孝道已經很不應該了，沒人像我這樣歹命，連自己的父母親是生是死都不知道……唉！怨嘆哪！歹命喔！前世不知做了什麼孽喔？」

「咦？是為什麼？」

「我五歲那一年就送給人家當養女，親生的父母從此失散。」

「哎喲！可憐哪！以前鄉下人不懂得控制，孩子生了一大堆，又養不起，男孩子要傳宗接代，一定要留下來，女孩子有沒有沒關係，常常送給家境好的人去養。聽我頭家說，我婆婆也有女兒送給別人養呢，以前一個庄頭上，少說也有十幾個女孩子送出去的，唉！」阿婆很感慨，拉著阿嬤的手，又說：「那，養父養母呢？人家說：『生的放一邊，養的大過天。』養父母不是比較親？也不在了嗎？」

「說實在，不是我說人家壞話，我的養父母其實把我當作奴婢看待，從小粗重的工作沒有他孩子的份，挑水、劈柴、煮飯、洗衣、飼豬、洗豬舍、下田……，全是我在做，將我用到二十三歲，收了我公公的聘金，就把我嫁到竹山，從此與我斷絕往來。我想，是怕我回去糾纏，回去吃他們的，用他們的。哼！我雖然嫁了一個酒鬼，三不五時要被他打一打，但是我可以罵回去，打回去，不像在他們家，連哭都不敢哭，像一個媳婦仔，我哪裡會想回去呢！」阿嬤說著，忽然眼睛瞪得大大的。「妳不知道我養母多狠，有一次我煎魚煎焦了，她拿起灶口的鐵鉗子，往我身上打，我很痛不敢哭出聲，躲到碗櫥下面，縮到角落裡，她還是不放過，一邊罵一邊打。妳看，都已經幾十年了，還有……」

阿嬤拉起褲管，小腿上明明白白的有兩道深色的傷疤。

「嘖！嘖！夭壽喔！真狠！真夭壽！」阿婆皺著眉，一直搖頭。

我嚇了一跳，心裡也湧出一陣酸楚，沒想到阿嬤有這麼可憐的身世。我從沒聽阿嬤說過這些，爸爸、叔叔和姑姑也沒提過。

阿嬤深深吸了一口氣，又說：「唉——，話說回來，人家沒有把我送去酒家當酒家女，還把我養大，已經很不錯了。那個時候，很多養女，其實是被賣到酒家去的，很可憐喔！唉！女孩子是菜籽命，沒辦法。」

「什麼是菜籽命？」我小小聲的提出疑問。

阿婆回答我：「菜籽就是青菜的種子，隨便人家灑。運氣好的，撒到好田裡，就長得好，運氣差的，撒到磚瓦上，連芽也發不出來，死翹翹。」

阿婆又問：「啊，妳親生的父母咧？有沒有試試看，去找看看？」

「唉——那時候我大概才五歲，也不知道那裡是哪裡，阿爸的臉、阿母的臉，也都忘記了，只記得家裡面臭臭的，外面也臭臭的……人家來帶我走的前一晚，阿母帶我到附近的媽祖廟拜拜，給我一張靈符，帶在身上……」阿嬤伸手去背包裡，掏出靈符。

「啊！這麼破舊了，妳都還留著，真是有心。不過，以前鄉下地方，養雞養鴨，畜生到處亂跑，四處大小便，當然到處都是臭臭的……」阿婆接過靈符觀看，說著說著，忽然又住嘴了。

阿嬤愣愣的發呆，我偷偷望著她，覺得她好陌生，好可憐，不像是我所認識的她。

「嗦！」好久好久，阿嬤才吸著鼻涕，笑著說：「嘿！我頭家也是不正經，放著山裡的竹子不管，每天跑到山腳下喝酒，一發酒瘋就亂打人，有時候打我，有時候打小孩，我為了保護兒子女兒，還被他摔破頭呢！我真是歹命底，小時候父母不要，養父母不疼，又嫁給酒鬼，一輩子磨過來磨過去，一定是前世殺人放火，這一世才來受報應……唉！看這一次陪媽祖婆回新港，能不能清掉一些罪孽？」

阿婆一邊拉阿嬤的手，一邊拍拍她的肩膀，安慰她說：「不要，不要，不要這樣想。妳要想，現在好命了，兒子女兒都那麼有成就，賺了大錢，會好好孝順妳，妳苦盡甘來，可以好好享受了……」

「是這樣嗎？」阿嬤抬起頭，眉心一皺，眼中閃爍著淚光。

10 阿嬤失蹤了

阿婆大概是怕阿嬤傷心，把話題一轉，說起年輕時候辛苦打拚的故事，她說：「那個時代大家都很艱苦，我頭家是討海人，我嫁過去以後，他看抓魚不夠一家人溫飽，就要我跟他一起去紡織工廠，每天加班到半夜十二點。後來生了小孩，不能上班，我拿一些手加工回來做，每天從早忙到晚，一點一滴慢慢的存錢，還曾經累到昏倒咧！本來我們住在高雄海邊蚵仔寮，存夠了一些錢，才搬到台中開一間小小的雨衣工廠，做外銷的，慢慢的才賺了錢，買了房子，把公公婆婆接過來住。」

阿嬤笑著說：「你們真正是白手起家，使人欣羨哪！」

「哪有？我們也是苦過來的，而且四代同堂，問題多多，婆婆和我，我和媳婦，媳婦和孫子，每一層都有問題，後來是我們兩個老的想通了，天天往外跑，沒看見就當作沒事了。哈！哈！哈！」阿婆又伸手遮嘴巴。

早上七點多，我們停在二崙的協天宮休息。天色亮了，我卻懷念起雜貨店那一場香甜的睡眠，顧不得揉腿捏腳，我兩眼一閉，兩手一攤，管它地上是花崗石還是柏油路，倒頭便睡。

迷迷濛濛中，我忽然看見驚濤駭浪中船隻浮浮沉沉，哀號聲響徹雲霄，兩隻妖精正在興風作浪。接著，天空閃出一道紅光，媽祖駕著一朵祥雲，大聲喝斥，妖精丟出火輪攻擊，媽祖作法，絲巾一揮，將火輪包住。剎那間，山川震動，風沙飛揚，妖精無路可逃……。

媽祖的父母親看她出去很久沒回來，在家門外邊對著天空呼喊：「女兒啊！快回來呀！女兒啊！快回來呀……」一聲聲，一聲聲，焦急的……。

哦！作了一個夢，補了回籠覺，腦子裡真是有說不出的舒爽，雖然只睡了二十多分鐘，效果卻敵過兩個小時，也正因此，一直到中午，到土庫的順天宮吃飯前，我都精神奕奕的。

原本吃過中飯，還想小小的睡個午覺，可是一聽到領隊的老先生宣布：「下一站就到新港了，大家辛苦了，振作一下，再加油！」我精神一振，一股熱血往頭頂衝，怎麼也闔不上眼了。

下午四點多，我們走過長長的崙仔大橋，看見路邊有好多人舞獅舞龍，敲鑼打鼓的歡迎我們。鞭炮聲一陣又一陣的響個不停，大樹下豎立著一塊大大的看板，上面寫著：「歡迎蒞臨新港鄉」。

「喲呵！」我一看，顧不得腳痠，跳起來大聲歡呼。

那個「報馬仔」竟然比我還亢奮，一邊敲鑼，一邊東奔西跑，大聲吼叫：「慈天宮的媽祖回到娘家囉！媽祖回到娘家囉！回到娘家囉——」

終於抵達目的地了，經過兩天兩夜的長途苦行，忍受又累、又瘦、又痛的辛苦，終於到達新港了。雖然回程還得走一百公里，可是至少能在這裡停留一天一夜，舒舒服服的休息，痛痛快快的玩。一想到這兒，之前的辛苦和將來的辛苦，似乎都是值得的，都不算什麼了。

我們踩著厚厚的鞭炮屑，在大街上不知道繞了多久，終於送媽祖婆進入奉天宮，安座在正殿上。大家都十分高興，圓滿護送媽祖婆回來和父母親團聚，有一整天的時間，祂們可以好好的訴一訴離別的相思苦了。

再到各神殿巡迴參拜一番，領隊的老先生帶我們去媽祖大樓休息時，都已經晚上八點了。新港的奉天宮好大，比我們慈天宮大五、六

倍，也比我在路上看到的任何一座廟宇都雄偉。就連這一座香客住的媽祖大樓也很壯觀，聽說可以住滿三千人。

我站在三樓迴廊往下看，整個新港小鎮簡直就是一個大夜市，大街小巷到處是人，攤販的燈泡一串串連綴起來，把每一條巷道照亮得像是一條金鍊子。賣消夜的、賣紀念品的、賣名產的，還有打電動、打彈珠、丟圈圈的，沒有一家不是使出渾身解數，大聲嚷嚷吸引客人上門。

簡單梳洗之後，領隊的老先生又廣播了：「大家注意！肚子一定餓了吧！新港的鄉親們，每一家都出錢合辦食堂，素食的，免費給大家吃到飽。現在開始自由活動，千萬記得，要吃素，明天早上『祝壽大典』結束以後才可以吃葷的，千萬記得，明天早上七點半，樓下集合。」

阿嬤說她不餓，想休息，託阿婆帶我去街上吃飯。我不肯，硬把她拉下床，說：「不管，我都已經陪妳走到這裡了，妳也要陪我玩才行。」

其實我是故意拉她下去的，都已經到新港了，阿嬤還是有心事的樣子，提不起勁，我不要她這個樣子。

街道上人來人往的，好熱鬧。我們先到一條巷子裡找食堂吃鹹粥和炒麵，然後逛夜市，我一看到電動玩具和射氣球手就癢了，跟阿嬤要了幾個十元銅板，阿嬤笑笑的一直搖頭，說：「小孩子就是小孩子，沒辦法。」

就這樣邊逛邊吃，回到媽祖大樓已經晚上十一點多。

兩天兩夜沒好好睡個夠了，吃飽喝足了以後，竟然一覺到天亮。

早上七點，阿嬤搖醒我，催我刷牙、洗臉、穿衣服，準備參加

「祝壽大典」。我一邊照著做，一邊卻納悶，問：「我記得資料上面說媽祖的生日是每年的農曆三月二十三日，今天好像不是耶！」

阿嬤一邊幫我扣紐扣，一邊說：「嗯，今天是農曆三月十四日，還沒到。可是我們難得來到祖廟，提前為祂祝壽，媽祖婆會更高興的。」

走出媽祖大樓，眼前的景象叫我目瞪口呆。

我們根本走不出去，前面全是滿坑滿谷的人，不只是廟前的廣場，就連四周的馬路和附近的街道，也是密密麻麻的塞滿了人，每個人都在地上鋪報紙，面對奉天宮坐著，靜靜的等候。

阿婆不慌不忙的說：「沒關係，不必擠到前面，反正擴音機會放送，整個過程一清二楚，聽不到也沒關係，看別人怎麼做，跟著做就對了。」

阿婆從背包裡面拿出一疊舊報紙，分給我和阿嬤說：「鋪著。」「那無薩波摩都……呀拉耶夜……」沒多久，頭頂上就傳來一群女生的誦經聲，伴隨木魚和經鼓的節奏。我抬頭一看，聲音來自媽祖大樓上一個很大的喇叭，原來是廟裡面的麥克風同步傳送出來的。

「跪拜——」隨著司儀的口令，我們雙掌合十，跪在報紙上，行三跪九叩大禮。

誦經聲中有溫婉柔美的旋律，朝陽暖暖的照耀著千萬個背影，個個動作畫一俯身向下，額頭觸地。千萬個背影懷抱千萬顆心，千萬顆心牽繫著數不盡的心願和祝福，都在這一跪一叩頭之中，虔敬的表露無遺了。

我回頭望了阿嬤一眼，想到她的十幾個心願，每一個都是為兒女子孫所求的，是那麼完全無私的愛，一時鼻頭湧出一陣酸，眼睛也模糊了。

典禮完畢之後，阿婆提議去買一些名產帶回台中，我拍手叫好，阿嬤卻說頭疼，想回媽祖大樓休息。我覺得阿嬤真是掃興，前一天晚上這樣，這會兒也是這樣，我死纏活賴，硬是拉她一道去，這回她卻是鐵了心，說什麼就是不依我。

阿婆對我說：「阿嬤可能感冒了，今晚半夜十二點，我們就要啟程回台中，萬一病倒了，那就慘了，還是阿婆帶你去玩吧！讓阿嬤休息，哦？」

我們在廣場上分手，阿嬤一混進人群，沒三秒鐘就不見蹤影了。

阿婆真是識途老馬，對什麼好吃的都瞭若指掌。她先帶我到廟旁邊買新港飴和花果酥，買賣之前她都要求試吃，老闆也都大方請客，所以我一連吃了好幾個。新港飴甜滋滋的，有好多口味，香Q又不黏牙；花果酥吃進嘴裡香香酥酥的，口味很特別，我研究了一會兒才發現，原來那是在一塊小餅乾上沾上麥芽糖，再裹一層花生或芝麻，總而言之，就是好吃。

我成了阿婆的小跟班，兩手提滿東西，她每一種都買兩份，笑著說：「哈！哈！想不到你這麼喜歡吃，多帶一些回去給阿嬤吃，阿婆請客。」

我們還買了滷肉餅，又去吃鴨肉羹，這些東西口味是那麼奇特，那麼好吃。我真高興來對了地方，之前什麼痠痛，什麼辛苦，都值得了。甚至我得要謝謝爸爸媽媽，要不是他們提議，我也享受不到這些美食。

然而，奇怪的事情發生了。中午時，當我唱唱跳跳的提著名產跑進房間時，阿嬤竟然不在，我跑去廁所和浴室找，也見不到人影。

我心裡一急，來不及告訴阿婆就衝下樓，往廣場鑽。我心裡狂亂跳動，害怕阿嬤是不是昏倒在路上，或是頭一昏，迷了路？可是，我在廣場上繞了三圈，盯緊每一個老婆婆察看，仍然找不到她。

會不會她又到廟裡面燒香？我揮去額頭上滴下的冷汗，衝進奉天宮，濃濃的白煙燻得我睜不開眼睛，龍柱旁、石獅邊、台階上、神桌下，每一個有人跪拜祈求的地方，我都仔細留意。正殿、後殿、兩邊護龍、兩個樓塔和凌霄寶殿，我統統搜尋了一遍，就是不見阿嬤蹤影。

我跑回廣場中央，踮起腳尖東張西望，川流不息的人潮中，只有我一個人直挺挺的站著。我手心冒汗，一股冷顫從腳底一路往頭頂衝上來，心裡只有一個念頭：「糟了！怎麼辦？阿嬤失蹤了！阿嬤失蹤了！」

11

婆啊！回來呀！

阿嬤不見了，我該怎麼辦才好？她會不會出來找我，現在已經回去了？會不會看不到我，心裡很慌張呢？一想到這兒，我趕緊回頭，朝奉天宮一拜，然後轉身再鑽回人潮中，往媽祖大樓跑。

我再也忍不住恐懼，大聲哭著對阿婆說：「哇……阿婆，阿嬤不見了，阿嬤不見了……怎麼辦哪……」

阿婆驚訝的摟住我，說：「哦？剛才買完東西回來，我把東西放好就過來找你們，結果沒人在，我以為你們又一起出去了。」

「沒有！沒有！」我使勁搖頭。「我剛才統統找過了，都沒有！」

「哦！廟裡面也找過了嗎？」

「找過了。」

「咦？這個罔市仔，不是說頭痛嗎？」阿婆喃喃自語，一會兒又低頭，笑說：「阿源哪！不要緊張，我們坐下來等一下，阿嬤可能是出去找我們，找不到人，她自動會回來。她這麼大的人，不會丟掉的啦！安啦！」

我聽話，呆呆的坐在床上，可是時間一分一秒過去了，阿嬤還是沒回來。一個多小時過去了，阿婆反而等不及了，站起來說：「不對呀！不會這麼久哇！我去跟我頭家講一下，叫他拜託奉天宮廣播找人。」

阿婆正要跨出門，一個身影忽然閃進來，我一看見，馬上跳下床衝過去，抱住那個人大聲哭：「阿嬤！阿嬤！嗚……」

沒錯，她真是我的阿嬤，阿嬤沒失蹤，阿嬤回來了。

「哎喲！罔市仔！妳是跑到哪裡去了？嚇死人了，害我們擔心，唉！好在，回來了就好，回來了就好。」阿婆笑著埋怨。

阿嬤似乎有些驚訝，說：「咦！你們不是去買東西嗎？我去找人……」

阿婆搶著說：「噢！我就知道，我們出去太久了，妳就跑出去找我們，就這樣你找我、我找你，結果統統找不到，阿源還以為妳失蹤了呢！」

阿嬤望著我，笑說：「呵！三八！我又不是三歲小孩，難道會被壞人拐走？我這麼老了，壞人也不會要的啦！呵！呵！」

我忘了哭泣，緊緊抱著阿嬤，笑了。

吃完晚飯後，領隊的老先生又集合大家宣布：「回去媽祖大樓以後，可以開始整理一下，晚上十一點，回駕大典準時開始，我們十點半在香客大樓下面集合，清點人數。趁現在，大家再好好休息一下，十二點開始，鑾駕起駕以後，又要開始走路囉！」

「唉！又是兩天兩夜，走，走，走！」我吐了吐舌頭，搖搖頭，又想到一個問題，跑去問老先生：「請問，什麼是『回駕大典』？」

「哦！這個喔！很簡單，我們在台中出發的時候，不是有一個典禮嗎？大家不是一起喊：『進哦！進哦！』；那個叫做『起駕大典』。然後，現在要回去了，也會有一個典禮，就叫做『回駕大典』。」

「那，這一次也要喊嗎？進哦！進哦！」我握右拳，高高舉起。

「呵！呵！不對，不對。」老先生摸摸我的頭說：「媽祖婆難得回到娘家，一定捨不得回去台中，所以我們要勸祂說：『婆啊！回來呀！婆啊！回來呀！』這樣懂嗎？」

回到媽祖大樓，阿嬤催我整理東西，我看時間還早，拿出筆記本把剛才老先生說的記下來，阿嬤卻說：「路上再記，我還有事要辦。」

「什麼事？這麼急。」我邊寫邊問。

「媽祖廟後面還沒找呢？快一點，難得來一趟新港。」

「找什麼？」我實在聽不懂。

「找人啦！你到底聽不聽話，如果你不陪阿嬤去，阿嬤就自己去了，你在這裡等好了。」她說完，拿起背包就要出門。

「等一下！」我連忙收起筆記本，跳上前去。

我當然要跟，早上找不到阿嬤，那種恐怖的感覺，我可不想再經歷一次。我不想再失去阿嬤，所以說什麼，我都要緊緊的跟著她。

阿嬤拉著我穿過廣場上的人群，然後穿過廟旁的巷子，來到廟後面。

那邊的人比廟前少了一些，不過商店卻不少，阿嬤停下來，東張西望了一會兒，然後往一家水果攤走過去。

她笑咪咪的向店老闆娘點點頭，說：「老闆娘，借問一下……」

「什麼事嗎？」老闆娘正忙著，轉過頭來。

「請問你們這附近，有沒有人家，以前把女兒分出去給人收養的？」

「啊？什麼？」老闆娘一時聽不懂。

「嘿，就是大概五十多年前，有一個姓黃的，把女兒送給人家養，有沒有？」

老闆娘苦笑說：「噢！五十多年前？歐巴桑，我今年才四十一歲，又是嫁過來的，五十多年前的事，我怎麼會知道呢？不然，妳問問隔壁賣香燭的，他比較老一點，哈！」

我忽然明白了一件事，原來早上阿嬤出去那麼久，並不是去找我和阿婆，而是去找人。可是，我又不明白，她究竟在找誰？

「阿嬤，妳要找誰呀？」我問。

「找親戚啦！」她望著香燭店。

「哪一個親戚呀？」

「哎喲！不要問了，找到了就知道了嘛！」阿嬤的口氣顯得不耐煩。

唉！又來了，出發前問她那些金首飾要送誰，她也這樣說，現在，又來了，聽了真叫人有點生氣。我雖然是小孩子，可是也不該敷衍我吧！

「失禮，借問一下……」她又換回笑臉，對香燭店的老闆點頭。

「請問這附近，有沒有人家把女兒分出去給人收養的？大約五十多年前……」

「啊！五十多年前，我還在當小孩子，只不過兩三歲，怎麼可能會知道？歐巴桑，妳不是來進香的喔！」老闆笑笑說。

一連碰了兩個釘子，我都替阿嬤覺得好丟臉。

阿嬤卻仍然滿面笑容，不死心的說：「是啦！我們從台中來進香，順便來找親戚，五十多年前，有送女兒給別人養，姓黃的……」

「哦！妳是我們新港人的親戚喔！那妳等一下，我進去問我阿母看看，她比較清楚。」老闆一聽到親戚兩個字，顯得很熱情。

過了不久，老闆扶著一位拄枴杖的老太太，慢慢的走出來。

「阿母！就是這個客人在問啦！我們新港人的親戚！」老闆靠在老太太耳邊大聲說。然後，笑著對阿嬤說：「我阿母八十九歲了，耳朵不好。」

老太太真的很老了，不但滿臉皺紋，就連白頭髮也剩不了幾根了，她不停的眨著白濁的眼睛，兩片皺巴巴的嘴唇抖抖的說：「以前，鳥來仔，有分女兒給別人啦……他們，也是姓黃啦……他太太，金雀仔……本來不願意……哭得，要死要活……結果，也是送人……」

「啊！那，他們住在哪裡？」阿嬤臉上閃出一道亮光，興奮的問。

「阿母！妳說我們宮後村的那個鳥來伯喔？」老闆又大聲問。

老太太拍拍他的手，點點頭。

老闆忽然臉一驚，皺著眉心說：「哎呀！壞了！鳥來伯已經過世好幾年了，去年一個麵攤失火，燒了好幾間房子，把他們家也燒掉了。一個老人和一個媳婦都燒死了，剩下的人都搬走了，也不知道搬到哪裡去。」

阿嬤倒退一步，臉色發青，說：「妳是說，他的太太也死了？」

「唉！沒辦法，一個劫數。」老闆點點頭。

「不知道搬到哪裡去……」阿嬤小聲的說著，突然又大聲問：「老闆，他們家在哪裡？我要去看一看。」

「喔！我跟妳講，從這邊一直走，第二個巷子轉左手邊……」老闆很詳細的比畫一陣，然後說：「應該帶妳去的，但是走不開，真不好意思！」

「不要這樣說，真多謝你。」阿嬤鞠躬點頭。

然後，阿嬤匆忙的帶我到老闆說的那個地方，我一看到，就嚇呆了。

昏黃的路燈照耀下，那是一片燒焦的廢墟，大約有三間連在一起的房子，都燒破了屋頂，只剩幾根焦黑的木柱子矗立在草叢裡。草叢裡、黑影中，地上是一堆又一堆灰黑的瓦礫。

阿嬤走進屋裡，低頭呆呆的繞圈子，像在找什麼，又像是在回憶什麼，她撫摸一根根燒焦的木頭柱子，嘴裡發出細細碎碎，不知名的怪聲。

突然，她跪下來，大聲哭喊：「阿爸——阿母——」

我心裡面一酸，也跟著流淚。我終於知道阿嬤在找誰了，可惜，可憐的阿嬤，雖然找到了，卻又等於沒找到。

「回——駕——典——禮——開——始——」奉天宮的擴音機傳來司儀的聲音，我看看手錶，正好十一點。

「阿爸——阿母——為什麼沒說一聲就先走了，我是你們不要的女兒，罔市啦……哇……啊……我千辛萬苦找你們，找了一年……得到的卻是這種結果……」她急急的掏出背包裡的紅盒子和靈符，瘋了似的哭嚷：「你們看！你們看！金項鍊、金戒指、金手鐲……是我帶來要孝順你們的，還有這一塊靈符，是阿母妳給我戴上去的，為什麼當初不要我，現在又不等我一下呢？天公伯啊！為什麼這樣對待我，我前世是多麼失德，要這樣懲罰我？……自小，親生的父母不要我，養父養母虐待我，長大了嫁給酒鬼，每天吵吵鬧鬧，到老來，兒子媳婦不尊重我，不孝順我，我已經沒有地方可以去了。我千辛萬苦找我的娘家，希望還有一個家可以回去……歹命喔！我歹命，我已經沒有地方可去了……嗚……」

「咚！咚！噹——咚！咚！噹——」

聽到廟裡的鐘鼓聲，我忍著驚訝和悲傷，拉拉她的手說：「阿嬷，典禮開始了，我們該回家了。」

沒想到她全身軟趴趴的，賴在地上，頭一抬，瞪大眼睛回我說：

「回什麼家？我哪裡有家？那是你爸媽的家，我已經沒有地方可去了……嗚……」

我難過得說不出話，又怕延誤了回家的時間，心裡又慌又急，只好拉晃著她的衣角，低聲的催她：「……阿嬤……阿嬤……」

「……嗚……已經沒有地方可以去……沒有地方可以去了啊……」

「婆啊！回來呀！……婆啊！回來呀！……」

「婆啊！回來呀！……婆啊……」

廟前傳來千萬聲進香客們的哀求，一句疊著一句，一聲隨著一聲，催促著媽祖娘娘告別父母，邁上回家的旅途。不知為何，那聲聲句句在夜風中飄蕩過來，卻顯得格外清晰，格外淒涼。

12

阿嬷回娘家

就在我不知道怎麼辦才好的時候，突然聽到身後有急促的腳步聲，回頭一看，只見一道刺眼的光芒射過來，後頭黑黑暗暗的，不知是誰。

「阿源？是阿源嗎？」我聽出來了，是阿婆的聲音。

「對啦！竟然跑到這裡來了。」是領隊的老先生。

手電筒的光束指向阿嬤時，我才漸漸看清他們夫妻的臉，阿婆表情很驚訝，老先生卻是有些生氣。

「呼！林罔市，妳怎麼跑到這裡？全團的人都集合好了，就差你們祖孫倆，我們馬上就要出發了，跑到這裡來做什麼？」老先生大聲說。

「是啦！罔市仔，妳真是會跑！中午的時候不知跑去哪裡，剛剛又亂跑，害我擔心死了。奉天宮在辦典禮，又不能廣播找人，害我們廟東廟西、廟前廟後的找半天，好在找到了，唉！」阿婆自顧自的說了一會兒，才看著我說：「對啦！你們跑來這裡做什麼？這不是一間火燒屋嗎？」

「我們……」我想說，卻又不知該怎麼說。

「不必回台中了，阿爸、阿母都已經死了，我已經沒有家了，唯一剩下來的這一個家，也都燒光了……嗚……你們走吧，我不回去了……」

阿婆臉色凝重的扶起阿嬤，說：「怎麼會這樣？怎麼會變這樣？罔市仔，妳說清楚一點，就要回台中了，怎麼會變這樣？」

「對啦！林罔市，妳說清楚，先不要流眼淚。」老先生也勸她。

阿嬤一聽，反而哭得更大聲，說：「嗚……我不是林罔市！我是黃罔市，我本來是姓黃的，我的養父才姓林，我本來應該住在這裡的，為什麼親生父母不要我……」

阿婆急得插話問：「妳在路上不是說，妳的親生父母失散了嗎？不知是生是死？怎麼現在又說都死了？還說是這裡？」

「唉！我記得我阿母將我送人的前一天晚上，帶我到附近的媽祖廟拜拜，送一個靈符給我戴在身上……」阿嬤深深吸了一口氣，忍著淚說。「……所以這一年來，我跟著慈天宮的進香團，到全省各地的媽祖廟進香，順便到廟附近問問看。今天總算讓我問到了姓黃的，妳看！這金項鍊、金戒指、金手鐲都帶來了，準備送給老人家。妳看！我的靈符，可是我的阿爸、阿母已經都不在了……嗚……」

「啊！怎麼會這樣？連房子都燒掉了？有沒有剩下什麼親人？」阿婆難過的拉住阿嬤的手臂。

「附近的人說，剩下的人不知道搬到哪裡去了……」阿嬤哽咽了。

老先生拿起阿嬷手上的靈符，陷入長長的思考，然後開口：「妳說妳叫做黃罔市，那，妳還記得父母的名字嗎？」

阿嬷歪著頭想了一會兒，回答：「阿爸的名想不起來了，阿母好像叫做……什麼……什麼桃……」

「是春桃嗎？」老先生問。

「嗯！有一點像，不過我記得每天傍晚，太陽快下山時，都會聽到我阿母在外面大聲叫：『阿土仔！回來燒熱水喔！』我想，那可能是我兄弟的名……咦！你怎麼會這樣問，春桃？」阿嬷露出疑惑的表情。

老先生沒回話，反而轉身對阿婆說：「秀枝仔，妳記不記得阿母常常提起分女兒給人養的事情？我記得那時候，我已經十歲了，我那個無緣的小妹就叫做『罔市』呢！」

「啊！那，你……」阿嬤吃驚的望著老先生。

「我叫做黃水土，人家都叫我阿土仔。」

「難道……」阿婆也張大嘴巴。

「妳記得妳是在新港出生的嗎？如果是的話，那就不對了，以前叫做『罔市』的女孩子很多，同名同姓的也有可能。」老先生又問。

「那時我才四、五歲，記不得住在哪裡，印象中就是家裡面和外面都臭臭的，鄉下地方，還有在媽祖廟附近……」

「全省媽祖廟有幾千間，大部分都在鄉下，不一定是新港咧！」

老先生拿起那張靈符，說：「妳拆開來看過嗎？裡面一般都會印廟的名字。」

「沒有咧！五十多年了，會不會褪色了……」阿嬤說。

老先生把手電筒交給阿婆，然後輕輕的、慢慢的拆開那一塊摺疊起來的靈符，又說：「照過來一點！照過來一點！」

黃澄澄的燈光下，那張符皺得很厲害，也褪色了，變成灰白一片，但是隱隱約約還看得見繞來繞去的黑色線條，和幾個大字。

老先生將靈符捧在手心，抬到額頭前仔細觀看，慢慢的讀出：「蚵，仔，寮，天，母，宮。」

這時大家都沒說話，時間好像停止了。

「真的是！我的小妹呀！阿母常常唸著妳，想不到今天在這裡相會……」老先生說著，忽然也說不出來了。

「咦？是嗎？」反而是阿嬤不確定了。

「是啊！是啊！妳說妳是『黃罔市』，我的小妹也叫『黃罔市』，妳說『阿土仔』是妳的兄弟，我也叫做『阿土仔』，我的阿母叫做『春桃』。現在這間廟是『蚵仔寮天母宮』，正是我們以前住的地方，高雄縣的蚵仔寮，那一間媽祖廟的名字……」

「那，臭味呢？」阿嬤皺眉頭。

「我們家養蚵仔、抓魚，村子裡面誰家裡裡外外不是魚腥味？」

阿嬤愣愣的說：「啊！那，我剛才認錯地方，哭錯父母，呵！這麼說阿母還活著，咦？怎麼可能？我不是作夢吧？」

阿婆拉住阿嬤的雙手，說：「阿妹呀！想不到我們真的有緣，不但有緣在路上作伴，還這麼親。」

「阿妹！」老先生大喊一聲。

「大哥……嗚……真是大哥……嗚……」阿嬤又哭了。

他們三個人手拉手，顫抖的流著淚，老半天都說不出話。

好久好久，阿嬤才對我說：「阿源哪！現在要改口，叫舅公、妗

婆了。」

一切變化得太快了，先是哭失去親人，後來又歡歡喜喜的找到親人，就像是一齣電視劇，教我一時難以接受，我傻在原地，不知該如何開口。

後來，阿嬤說她不想再等兩天兩夜，想脫隊先回台中見她的阿母。「舅公」要「妗婆」和我們先到新港北端的「古民國小」找一台賓士轎車，讓司機先載我們回台中。

阿嬤朝奉天宮一拜，笑著說：「這一切都是媽祖婆保佑的，讓我們在這裡團圓，我得要先去廟裡面感謝祂才行。」

因此，「舅公」差「妗婆」先去通知司機，然後他抄下轎車的車牌號碼，交給阿嬤，要我們拜拜完之後過去找，他自己還得負責帶團員們走回去，不能陪我們先離開。

阿嬤拉緊我開始往人潮中擠，從奉天宮後門鑽進去，在香煙瀰漫中，瞇著雙眼，彎著腰身，一寸一寸的朝正殿推進……。

離開新港已經過了一個多小時了，隆隆的噪音彷彿還迴盪在耳朵邊，從繽紛喧鬧的天地，一下子跌進這一片寧靜幽暗的世界，我一時之間還真難適應。

高速公路的路標看板，反射了車燈的強光，在黑幕中發散出神祕的碧綠色。……西螺、員林、彰化，我們正朝著來時的相反方向前行，在平坦的路面上，車子像狂風向前飛奔，一個地名出現不了二十分鐘，就被另一個取代了。然而就在一天前，當我們像蝸牛一樣，在崎嶇蜿蜒的鄉村小路上緩緩推進時，一個地名是漫長的等待，是熱情的歡迎，是意外的驚喜，是難忘的回憶。

這一切難道是一場夢，七彩迷人的燈光、好吃又好玩的新港、震耳欲聾的鞭炮聲、虔敬又有毅力的老人家們、陌生而熱情的鄉下人，和暗夜裡伸手不見五指，卻傳來阿嬤聲聲呵護所生起的安全感，還有那又累又瘦又痛的感覺，難道全是夢？可是，當我撫摸背包裡的筆記本，和腳上擠乾水的水泡皮，陣陣痠疼竄進腦子，我明白這一切都是真實的。

兩天兩夜，離家一百公里，一步步長途跋涉，十二歲的我撐過去了，這時，我該感到光榮驕傲才對，可是不知道為什麼，我竟然有一點想家。

阿嬤是來進香的，卻也是來找她的娘家的，自從慈天宮落成之後，自從爸媽鼓勵她參加進香團之後，自從她不認為台中是她的家之後。

阿嬤為子孫們求神明保佑，也為自己的心願四處進香，原本無私的愛，摻入了一個小小的心願，我應該為她高興的，卻反而感到難過。

車窗外是一片黑，稀疏的路燈隨著車子輕微震動而上下飄移，向後退去，使我想起前兩個夜裡，茫茫無邊的田野上，千萬顆跳動的紅星，和數不盡細細柔柔的光圈，一會兒散開，一會兒靠攏，那種徬徨無助，卻又溫暖安全的感覺。

忽然，周圍的人影向外退開，湧動的雜音也消散了，只剩下一個矮小的身影，伴隨寂寞的鈴鐺聲、腳步聲和喘息聲，在微弱的光點帶領下，像盲人般的，摸索遠方熄了火的燈塔。她忽走忽停，又探又尋，漸漸的被廣闊的黑幕包圍，那微微彎曲的背脊，看上去好孤獨、好可憐、好微小、好偉大……。

車子轉了一個大彎，害我整個人都被離心力拉到左邊。

「啊——呵——真快，已經下交流道了。」是「妗婆」醒了，在打哈欠。

我趕緊揉去眼角流出的淚珠。

「嗯……快到了。」阿嬤也醒了。「用走的要兩天兩夜，坐車卻不用兩個小時，唉！」

「等一下回到家，先來我房間睡一下，阿母差不多五點才起來，現在還不到三點。」「妗婆」說。

「啊！還要等那麼久喔！」阿嬤又說：「我怎麼可能睡得著呢？」

「沒關係，我們在客廳聊天等她，她看到妳，不知道會有多高興。」

「真的嗎？當初不要我……」

「哎喲！什麼不要，那是不得已的，大人都快餓死了，怎麼養得起孩子？妳不知道，她常常嘴巴裡唸著：『唉！我那小女兒，現在不知道在哪裡？不知道有沒有吃飽、穿暖？』」

「真的嗎？」

「當然是真的。」「妗婆」又說：「今天先和阿母團圓，等阿土仔回來，全家大團圓，叫妳的兒子、女兒、媳婦、女婿和孫子們，和我們一起熱熱鬧鬧辦幾桌來慶祝一下。」

「呵！不要了，我沒有這麼偉大。」

「不行，不行，全家團圓，這麼重要的事，是一定要慶祝的。」

「妗婆」說。「然後，過兩天，我就找妳一起去老人活動中心唱歌、跳舞，不要再去為兒孫操心，我們老人自己活得健康快樂最重要。」

「是，是，大嫂！」

「哈！哈！哈！」「妗婆」又笑得很大聲。

阿嬤忽然探頭過來看我，小聲說：「阿源，不知道有沒有睡覺？阿源哪，阿源哪，好起來囉！到家了。」

「嗯……」我伸懶腰，回應一聲。

半夜三點鐘，大地還是一片黑黝黝的，可是東方的天空中彷彿提早透出一線金光，一座大廈在金光底下，閃閃的發散白茫茫的光暈。

是的，那是家，我的家，爸媽的家，阿嬤家，阿嬤的娘家。

學習單

康軒企劃

跟著媽祖回娘家

主人翁阿源和阿嬤，跟著媽祖回娘家。從台中市南屯區出發，最後抵達嘉義縣新港鄉的奉天宮。請利用右頁的台灣地圖，將這兩個地方先塗上綠色！

阿源和阿嬤途中還經過不少縣市，請你從書中找找，他們還經過哪些地方，在地圖上塗上黃色喔！請你跟著阿源和阿嬤的腳步，幫他們畫出路線圖。

最後，請把你居住的縣市塗上顏色。看一看，想一想，如果你要到奉天宮參觀，可能會經過哪些縣市呢？

基隆市
台北市
新北市
桃園市
新竹市
新竹縣
宜蘭縣
苗栗縣
台中市
彰化縣
南投縣
花蓮縣
雲林縣
嘉義縣
台南市
高雄市
台東縣
屏東縣

信仰的力量

小朋友，看著阿源的阿嬤和進香團的成員，那麼努力、虔誠的一步一步走去進香，是不是覺得信仰的力量很強大？在台灣社會中，宗教信仰是很興盛的，除了傳統民間信仰外，還有佛教、道教、基督教、天主教和伊斯蘭教等。這些宗教不但是人們精神的寄託，也提供了情感的慰藉。

小朋友，讓我們來調查看看，自己家中是否有人有宗教信仰？信仰哪一種宗教呢？

宗教信仰調查表

訪問對象	信仰的宗教、神明	宗教聚會場所
例如：阿公	佛教	廟宇

不同的宗教，有不同的祭祀或祭拜場所，下面的教堂、清真寺，和一般廟宇的建築很不一樣。

小朋友，你知道這兩種建築物主要是哪些宗教的活動場所嗎？請寫出來！

家鄉的信仰中心

阿源的家鄉有座慈天宮，供奉媽祖，是當地的信仰中心。想一想，在你的家鄉，有沒有這樣一座廟宇或教堂，也是當地居民的信仰中心呢？如果有，可以請家長或親戚帶我們去探訪家鄉的信仰中心。

我的家鄉位於＿＿＿縣（市）＿＿＿市（鄉鎮區）

我拜訪的家鄉信仰中心是：

這座建築建於什麼時候：

這座信仰中心曾經舉辦過的宗教儀式：

□ 廟會　□ 媽祖遶境　□ 基督教洗禮

□ 天主教望彌撒　□ 其他

請利用相機拍攝或用彩色筆、蠟筆畫出這座信仰中心的外觀，貼在左側空白處。

有趣的民俗

小朋友，還記得書中提到的「報馬仔」嗎？

那個人穿清朝的服裝，外加羊毛衣，戴斗笠，扛了一把紙傘，上頭繫著豬腳和韭菜，一手拿煙斗，一腳打赤腳，一腳穿草鞋，造型很特殊……

請問「報馬仔」的任務是什麼？

- □在進香團中，負責牽著馬迎接媽祖的人。
- □是別的寺廟派來，專門打小報告的人。
- □走在進香隊伍前面，通知大家出來看熱鬧的人。
- □負責幫忙有求於媽祖的信徒收心願紅紙的人。

「報馬仔」的造型有什麼意義呢？請從文章中的敘述，找出正確的答案連起來。

（1）扛紙傘●　　　　●代表長生肉
（2）繫韭菜●　　　　●代表長生菜
（3）繫豬腳●　　　　●代表辛苦趕路
（4）一隻腳打赤腳●　●代表怕下雨
一隻腳穿草鞋

小朋友，在書中媽祖回娘家的路途中，曾經提到一項活動很有意義，那就是「鑽轎腳」。你知道「鑽轎腳」代表什麼嗎？

□將轎子的底部打洞，固定在地上，避免被強風吹倒。
□鑽過神轎下面的人，可以得到神明的庇佑。
□負責扛著轎子遊行，可以獲得信徒的愛戴。
□幫轎子裝上腳，扛轎子的人才不用太費力。
□只要能摸到媽祖鑾駕，明年就可以成為扛轎的人。

小朋友，你有親身體驗過或從電視上看過「鑽轎腳」這項活動嗎？如果有，請將你的感想寫下來。

阿嬤的故事

《媽祖回娘家》裡的阿嬤，可以說是這本書中的靈魂人物。從跟著媽祖回娘家的過程中，我們可以一窺阿嬤的生平和經歷。阿嬤的故事，可以說是台灣傳統婦女的縮影，現在就讓我們藉由阿嬤的故事來了解過去的歲月。

阿嬤的名字

故事中阿嬤的名字叫「林罔市」，「罔市」是什麼意思呢？

小朋友，你的阿嬤或外婆叫什麼名字？代表什麼意義呢？如果你不知道，可以問問你的爸爸、媽媽，再記錄下來。

名字：

意義：

故事中的阿嬷，五歲那一年就送給別人家當養女，為什麼當時的社會會有這種情形發生呢？

□以前鄉下人不懂得節育，孩子生太多又養不起，男孩子要傳宗接代要留下來，女孩子便常常送給家境好的人家去養。

□因為以前的人認為，把女兒送給家境好的人家去養，可以分到好的財運與官運，讓家裡運勢轉旺。

阿嬷說，以前的女孩子是「菜籽命」。你知道什麼是「菜籽命」嗎？答案就在書中，請找一找，寫下來！

阿嬤的心願

「媽祖回娘家」裡的阿嬤，為什麼要參加徒步進香的活動呢？答案可以複選喔！

□ 祈求媽祖保佑全家。

□ 幫家人向媽祖婆婆許願。

□ 跟著鄉民一起去湊熱鬧。

□ 為了想要去新港買特產、吃小吃。

□ 為了幫孫子完成春假作業「小小旅行家」。

你知道阿嬤的心願是什麼嗎？最後，阿嬤的心願有沒有實現呢？

阿嬤的心願是：

阿嬤的心願有沒有實現？ □有 □沒有

如果現在有一個機會，讓你可以幫你自己和親人許願，你會許下什麼願望呢？請試著寫在下面的心願卡中。

我的心願卡

我的願望是：

的心願卡

他的願望是：

親情無價

小朋友，從《媽祖回娘家》的故事中，你可以觀察到故事中寫出了許多現代的家庭、社會可能發生的問題，像是隔代教養問題、婆媳問題、老人問題等。這些問題，很可能就發生在你的周遭。想想看，如果你的家裡發生了這些問題，你可以扮演什麼樣的角色，讓家庭的相處更和諧呢？

當爺爺、奶奶來我家住時……

我可以這樣做

當家中長輩們心情不好時……

我可以這樣做

當家媽媽和奶奶意見不同時……

我可以這樣做

家庭給我們無微不至的照顧，讓我們成長茁壯，我們應該要珍惜、愛護與家人相處的時光。現在，讓我們動動手，把我們最愛的家人用畫筆畫下來（如果有照片也可貼出來）喔！

鄭宗弦作品集 01

媽祖回娘家

著者	鄭宗弦
繪者	陳祥元
創辦人	蔡文甫
發行人	蔡澤玉
出版發行	九歌出版社有限公司
	臺北市八德路3段12巷57弄40號
	電話／25776564・傳真／25789205
	郵政劃撥／0112295-1
九歌文學網	www.chiuko.com.tw
印刷	晨捷印製股份有限公司
法律顧問	龍躍天律師・蕭雄淋律師・董安丹律師
初版	2001年 7月
增訂新版	2018年 5月
新版 3 印	2024年 5月
定價	**280元**

書號	0175001
ISBN	978-986-450-187-8

（缺頁、破損或裝訂錯誤，請寄回本公司更換）

國家圖書館出版品預行編目(CIP)資料

媽祖回娘家 / 鄭宗弦著 ; 陳祥元圖. -- 增訂新版. -- 臺北市 : 九歌, 2018.05
面 ;　公分. -- (鄭宗弦作品集 ; 1)
ISBN 978-986-450-187-8(平裝)

859.6　　107004918